O CASTELO NOS PIRINEUS

Obras de Jostein Gaarder publicadas pela Companhia das Letras

O mundo de Sofia (1995)
O dia do curinga (1996)
Vita brevis (1997)
Ei! Tem alguém aí?(1997)
Através do espelho (1998)
Mistério de Natal (1998)
O mundo de Sofia (CD-ROM; 1998)
O livro das religiões (2000)
Maya (2000)
O pássaro raro (2001)
O castelo do príncipe sapo (2002)
A biblioteca mágica de Bibbi Bokken (2003)
O vendedor de histórias (2004)
A garota das laranjas (2005)
O castelo nos Pirineus (2010)

FSC
www.fsc.org
MISTO
Papel produzido a partir de fontes responsáveis
FSC® C019498

A marca FSC é a garantia de que a madeira utilizada na fabricação do papel deste livro provém de florestas de origem controlada e que foram gerenciadas de maneira ambientalmente correta, socialmente justa e economicamente viável.

JOSTEIN GAARDER

O CASTELO NOS PIRINEUS

Tradução:
LUIZ ANTÔNIO DE ARAÚJO

CIA. DAS LETRAS

A tradução recebeu incentivo do NORLA.

Grafia atualizada segundo o Acordo Ortográfico da Língua Portuguesa de 1990, que entrou em vigor no Brasil em 2009.

Título original:
Slottet i Pyreneene
Tradução autorizada pelo autor, com base na versão alemã de Gabriele Haefs

Ilustração de capa:
Maria Eugênia

Preparação:
Julia Bussius

Revisão:
Carmen S. da Costa
Pedro Borges Júnior

Dados Internacionais de Catalogação na Publicação (CIP)
(Câmara Brasileira do Livro, SP, Brasil)

Gaarder, Jostein, 1952–

O castelo nos Pirineus / Jostein Gaarder ; tradução Luiz Antônio de Araújo. — São Paulo : Companhia das Letras, 2010.

Título original: Slottet i Pyreneene.
ISBN 978-85-359-1682-9

1. Ficção norueguesa I. Título.

10-04844 CDD-839.823

Índice para catálogo sistemático:
1. Ficção : Literatura norueguesa 839.823

2010

EDITORA SCHWARCZ LTDA.
Rua Bandeira Paulista 702 cj. 32
04532-002 — São Paulo — SP
Telefone (11) 3707-3500
Fax (11) 3707-3501
www.companhiadasletras.com.br

O CASTELO NOS PIRINEUS

1

Cá estou eu, Steinn. Foi um milagre revê-lo. E justamente lá! Você ficou tão pasmo que quase tropeçou. Não foi — não pode ter sido — um "encontro casual". Havia forças operando naquele lugar, forças!

Conseguimos roubar quatro horas para nós. Mas o que é "roubar" quatro horas? Niels Petter não achou a menor graça. Só em Førde dignou-se a me dirigir a palavra.

Nós simplesmente subimos o morro a partir do vale. Meia hora depois, estávamos diante do bosquezinho de bétulas. Outra vez...

Não dissemos uma palavra no caminho. Sobre *aquilo*, digo. Falamos de tudo, mas daquilo não. Tal como antigamente. Não fomos capazes de nos posicionar quanto ao acontecido. E assim nós fomos para o brejo, talvez não você enquanto você, nem eu enquanto eu, mas nós dois enquanto nós dois. Não conseguimos nem mesmo trocar um boa-noite. Lembro que passei a última noite no sofá. E me lembro do cheiro do cigarro que você fumava sentado no outro cômodo. Através da parede e da porta fechada, cheguei a ver a sua cabeça inclinada. Você ficou lá, debruçado na escrivaninha, fumando. No dia seguinte eu parti, e nós não voltamos a nos ver. E lá se vão mais de trinta anos. Não dá para entender.

Mas eis que acordamos subitamente de anos de sono de Bela Adormecida — como que sacudidos pelo mesmo sinal milagroso. E, independentemente um do outro, tornamos a nos hospedar lá. No mesmo dia, Steinn, num outro século. Num mundo inteiramente novo. Caramba, depois de mais de trinta anos.

E não me diga que foi mera casualidade. Não diga que não foi orquestrado!

O mais surrealista foi a dona do hotel aparecer subitamente na varanda, ela que naquele tempo era a jovem filha da casa. Também para ela passaram-se trinta anos. Acho que essa foi a grande experiência de *déjà-vu* da sua vida. Lembra o que nos disse? Que bom saber que vocês continuam juntos, foi o que disse. Essas palavras doeram. Mas não deixaram de ter graça, já que a mulher não nos via desde aquela manhã, na metade dos anos 1970, em que ficamos tomando conta das suas três filhinhas. Esse favor nós lhe fizemos porque ela nos havia emprestado duas bicicletas e um rádio portátil.

Agora estão me chamando. Afinal de contas, é uma noite de julho e aqui no litoral se vive em regime de veraneio. Acho que estão grelhando trutas, e Niels Petter acaba de me servir um *schnaps*. Deu-me dez minutos para terminar o e-mail, e eu preciso mesmo desses minutos, pois quero lhe pedir uma coisa importante.

Será que nós podemos prometer solenemente apagar todas as mensagens assim que as tivermos lido? Quer dizer, de imediato, sem demora, e, obviamente, nem pensar em ligar a impressora.

Imagino este novo contato como uma vibrante corrente de pensamento entre duas almas, não como uma correspondência que, digamos, há de ficar eternamente entre nós. Assim a gente fica mais à vontade para escrever sobre tudo.

À parte isso, os dois, cada qual por seu lado, somos casados, temos filhos. Não gosto da ideia de deixar tudo no computador.

Não sabemos quando há de ser, mas um dia nós iremos embora deste carnaval cheio de máscaras e papéis, legando apenas alguns bens passageiros que depois também serão varridos.

Somos obrigados a sair do tempo, disto que chamamos "realidade".

Os anos passam, mas me tira o sossego a ideia de que parte daquilo que sucedeu pode surgir de repente. Às vezes sinto que uma coisa me persegue, está nos meus calcanhares.

Não esqueço a barra sinalizadora da polícia em Leikanger e ainda estremeço quando vejo uma radiopatrulha atrás do meu carro. Uma vez, há alguns anos, um policial fardado bateu à minha porta. Deve ter percebido o susto que levei. Mas ele só queria informação sobre um endereço no bairro.

Você certamente acha que é uma preocupação inútil. Mesmo porque a coisa decerto já prescreveu juridicamente.

Mas o sentimento de culpa não prescreve nunca...

Prometa que vai apagar tudo!

Só quando estávamos lá em cima, nas ruínas do antigo chalé, você me contou o que o tinha levado ao interior do fiorde. Tentou resumir o que fez nos últimos trinta anos e me informou sobre o projeto climático. Depois mal conseguiu falar no sonho particularmente intenso que teve naquela noite, antes do nosso encontro na varanda. Um sonho cósmico, disse, mas ficou nisso, pois aquelas vacas apareceram e nos assustaram e nos fizeram correr para o vale. Por isso você não voltou a falar no sonho.

Mas é claro que você tem sonhos cósmicos... nós queríamos tentar dormir algumas horas, mas estávamos tão nervosos, era natural que estivéssemos, por isso fechamos os olhos e ficamos conversando em voz baixa. Sobre estrelas, galáxias e essas coisas. Apenas sobre coisas grandiosas, distantes e, até certo ponto, superiores...

Hoje acho esquisito pensar nisso. Foi antes de eu *acreditar* em alguma coisa. Se bem que pouco tempo antes.

Estão me chamando outra vez. Só mais um comentário antes de enviar a mensagem. O nome do lago era Eldrevatnet. Não acha um nome estranho para um lago de montanha, muito distante de gente e bichos? Quem eram os "velhos" naquele tempo, lá no alto, entre a afloração e o cimo?

Então, quando segui viagem com Niels Petter, não tirei os olhos do mapa. Nunca mais tinha estado lá e não conseguia erguer a vista: à beira daquele lago, não. Minutos depois, passamos pelo outro lugar, quer dizer, pela curva perto da ribanceira, e esse foi o momento que mais me doeu na viagem.

Creio que só lá embaixo, no vale, pude desgrudar os olhos do mapa. De modo que aprendi muitos nomes novos de lugares, os quais li para Niels Petter. Precisava fazer alguma coisa. Estava com medo de ter um ataque de nervos e acabar contando tudo.

Depois chegamos aos túneis novos. Fiz questão de ir por eles, de não passar pela igreja de madeira nem pela estrada velha à beira do rio. Inventei uma desculpa tola, disse que estava tarde e que não tínhamos muito tempo.

Pois é: Eldrevatnet.

A mulher amora era "mais velha". Pelo menos foi o que achamos na época. Uma mulher madura com um lenço rosado nos ombros. Nós precisávamos ter certeza de que os dois tínhamos visto a mesma mulher. Isso no tempo em que ainda conversávamos.

A verdade é que ela era tão velha quanto eu sou hoje, nem mais nem menos. Aquilo que chamam de mulher de meia-idade...

Quando você saiu à varanda, foi como se eu tivesse topado comigo mesma à porta. Fazia trinta anos que não nos víamos. Mas não foi só isso. Tive a nítida sensação de me ver de fora, quer dizer, do seu ponto de vista e com os seus olhos. Súbito, a mulher amora era eu. E isso me deu um inquietante sentimento de premonição.

Estão me chamando de novo. É a terceira vez, agora vou enviar o e-mail e, a seguir, apagá-lo. Com carinho, Solrun.

Precisei me reprimir para não escrever "sua Solrun": entre nós, nunca houve separação de verdade. Naquele dia, eu simplesmente peguei as minhas coisas e saí. Mas não voltei. Só depois de quase um ano, em Bergen, escrevi pedindo-lhe que empacotasse e enviasse o resto dos meus pertences, e mesmo então não cheguei a conceber aquilo como uma separação oficial, foi mais fácil assim porque já fazia tempo que eu estava do outro lado da montanha. Só anos depois conheci Niels Petter. E se passaram mais de dez até que você e Berit se encontrassem.

Você era teimoso. Nunca desistiu de nós pra valer. E eu, de vez em quando, tinha a sensação de viver em plena bigamia.

Nunca vou esquecer o que nos sucedeu lá no alto, no desfiladeiro. Às vezes, tenho a impressão de que não passa uma hora sem que eu pense naquilo.

Mas depois ocorreu algo, uma coisa verdadeiramente maravilhosa e promissora. Hoje eu a encaro como uma dádiva.

Imagine se tivéssemos aceitado essa dádiva, nós dois? Mas estávamos desvairados de pavor. Primeiro você ficou prostrado e me deixou protegê-lo. Depois se levantou repentinamente e disparou a correr.

Em poucos dias, já estávamos olhando para lados diferentes. Tínhamos perdido a capacidade ou a vontade de nos fitarmos nos olhos.

Nós dois, Steinn. Difícil de acreditar.

Solrun, Solrun! Você estava tão linda! Tão encantadora com aquele vestido vermelho, de costas para o fiorde, para o jardim e para a balaustrada!

Eu a reconheci imediatamente, como não ia reconhecer. A menos que fosse uma alucinação. Mas não, era você: como se tivesse surgido de outra época!

E uma coisa eu preciso dizer sem demora: dou-lhe minha palavra que não a associei a nenhuma "mulher amora".

Que bom que você escreveu! Passei as últimas semanas esperando. Quem propôs a troca de mensagens fui eu, mas você se limi-

tou a dizer que entraria em contato quando fosse possível, de modo que a iniciativa ficou por sua conta.

Achei tão incrível nos encontrarmos exatamente naquele lugarzinho apartado, exatamente como antes. Foi como se tivéssemos vivido com o compromisso antiquíssimo de nos reencontrar lá. Mas não marcamos encontro. Foi puro acaso.

Saí da sala de jantar com uma xícara e um pires e, no meu espanto, derramei um pouco do café, queimei o pulso, e você tem razão em dizer que não foi sem esforço que me mantive em pé, afinal, não podia deixar a xícara cair.

Cumprimentei rapidamente o seu marido, e como ele teve a súbita urgência de ir buscar sei lá o que no automóvel, nós pudemos trocar algumas palavras, você e eu, e então apareceu a dona do hotel, deve ter me visto passar pela recepção e me reconheceu de trinta anos antes, do tempo em que a mãe dela administrava o lugar.

Nós estávamos frente a frente, e ela decerto nos tomou por um casal de meia-idade que, em tempos remotíssimos, havia feito uma viagem romântica àquele braço de fiorde, antes de nos estabelecermos e passarmos toda a vida juntos — foi o que imaginei —, e agora enfim, talvez num acesso de saudade aguda, retornávamos ao cenário do nosso idílio juvenil. E, naturalmente, fizemos questão de sair à varanda depois do café da manhã, fiéis ao espírito do século, os dois havíamos parado de fumar, todo o resto teria sido ainda mais bonito, mas nós precisávamos ir ver as faias, o fiorde e os montes. Era o que fazíamos naquele tempo.

A recepção do hotel era nova, assim como era novo o café que servia de rápida parada para os viajantes. Mas as árvores, o fiorde e as montanhas continuavam os mesmos. Isso também se aplica à mobília e aos quadros da sala da lareira, a mesa de bilhar estava exatamente no mesmo lugar, e duvido que o velho piano tenha sido afinado alguma vez na vida. Naquele instrumento, você tocou Debussy e noturnos de Chopin. Nunca vou esquecer aquele bando de hóspedes aglomerado junto ao piano, aplaudindo-a.

Passaram-se trinta anos, mas o tempo ficou quase parado.

Ia me esquecendo da única mudança verdadeira. O túnel novo! Naquele tempo, nós chegamos de balsa e de balsa fomos embora. Não havia outra possibilidade.

Lembra que alívio foi saber que a última balsa havia partido? Significava que a aldeiazinha estava isolada e nós ainda tínhamos o resto da noite, a madrugada e a manhã seguinte, quando a M/F Nesøy *fosse para o fiorde e só voltasse na hora do almoço com alguns passageiros. Moratória, dissemos. Se fosse hoje, é bem possível que passássemos a noite inteira na varanda, de olho nos carros que saíam do túnel. Eles iriam procurar mais a oeste ou desviariam perto do Museu da Geleira para nos capturar, isto é, nos prender no hotel?*

Puxa, eu tinha esquecido que havíamos cuidado das filhas dela. Não, não me lembro de tudo.

Concordo com a proposta de apagar os e-mails assim que os tivermos lido, responder e apagar a resposta enviada. Também não quero armazenar muita coisa no meu HD. Às vezes é reconfortante restringir-se a revelar ideias e associações, nada mais. Hoje em dia, armazenam-se demasiadas palavras, seja na web, seja em pen drives ou discos rígidos.

Apaguei a mensagem que você me enviou bem antes de me instalar aqui para responder. E confesso que isso também traz desvantagens, pois agora já não tenho a possibilidade de reler suas palavras. Dependo unicamente da minha memória e, daqui por diante, a nossa troca de e-mails vai ser assim.

Você sugere que, por trás do nosso reencontro sensacional na varanda do hotel, havia forças sobrenaturais; no que diz respeito a essas questões, vou logo avisando que continuo sendo franco como antes. E que não posso encarar essa casualidade senão como isso, uma casualidade atrás da qual não há nenhuma vontade e nenhum "poder guiador". No caso, trata-se, sem dúvida, de um acidente "extraordinário", não de uma bagatela. Mas você também precisa ter em conta os muitos e muitos dias em que não passamos por nada parecido.

Mesmo correndo o risco de reforçar a sua tendência ao ocultismo, vou contar uma coisa. Quando o meu ônibus saiu do longo túnel lá em cima, perto de Bergshovden, o fiorde estava envolto pela neblina, de modo que não se enxergava absolutamente nada lá embaixo. Eu via, naturalmente, o cimo dos montes, mas era como se o fiorde e os vales tivessem sido riscados do mapa. Então nós entramos em outro túnel e, quando saímos, eu estava abaixo da camada de nuvem. Avistei o fiorde e o fundo dos três vales, mas agora o topo dos morros tinha sumido.

Pensei: mas será que ela está aqui? Será que também vem?

E acontece que você estava; na manhã seguinte, quando saí da sala de jantar com a xícara de café cheia até a borda, dei com você na varanda, com um vestido de verão quase infantil.

Senti que eu a havia criado naquele instante, que acabava de compô-la no velho hotel de madeira. Lá fora, na varanda, foi como se você tivesse saído da minha recordação, nascido da minha saudade.

Mas, Solrun, não há nada de excepcional no fato de você estar tão presente no meu pensamento. Afinal de contas, eu tinha ido parar justamente no lugar que antigamente nós chamávamos de "nosso cantinho erótico". À parte isso, é claro que o reencontro foi pura obra do acaso.

À mesa do café da manhã, entre o suco de laranja e o ovo, eu havia pensado em você. Estava totalmente perplexo com o sonho que tivera. Então saí à varanda com o meu café — e, pronto, topei com você!

Tive pena do seu marido. Palavra que tive pena dele quando, uma hora depois, nós viramos as costas e nos recolhemos à nossa *intimidade na montanha.*

O modo como nos afastamos e o modo como conversamos pareceram-me uma linda reverberação do passado, do tempo em que lá estivemos na nossa juventude. O vale era o mesmo e, como eu já disse, você continua com cara de menina.

Mas no destino eu não acredito, Solrun. Nisso, não.

Você insiste em mencionar a "mulher amora". E, com isso, evoca uma das experiências mais estranhas que eu já tive na vida. Porque não a esqueci e tampouco a pretendo negar. Mas espere. Eu também vi outra coisa no caminho de volta.

Quando vocês partiram, eu fiquei, pois ia participar da inauguração do Centro Climático. Já disse que a minha palestra estava marcada para antes do almoço. Na manhã de sexta-feira, tomei a balsa rápida que vai de Balestrand a Flåm, horas depois, segui de trem até Myrdal e de lá para Oslo.

Antes de Myrdal, o trem parou perto de uma enorme catarata, a Kjosfos. Lá os turistas são praticamente escorraçados dos vagões para fotografar ou pelo menos admirar as cachoeiras.

Súbito, quando estávamos lá em cima, na plataforma, eis que surge uma fada *na encosta à direita da catarata. Como que saída do nada. E sumiu tão depressa quanto apareceu, mas só por uma fração de segundo, e então tornou a surgir trinta ou cinquenta metros mais adiante. E isso se repetiu mais duas vezes.*

Que você acha? Será que esses seres sobrenaturais não se sujeitam às leis da natureza?

Não, nada de conclusões apressadas. Foi uma aparição ou uma visão? Mas lá havia umas duzentas pessoas, e todas viram a mesma coisa. Nós estávamos presenciando algo sobrenatural, quer dizer, vendo um gênio ou entidade fantástica? Não, não. Aquilo era coisa montada, ou seja, um espetáculo para turistas, e, em toda essa história, a única coisa que não sei dizer com certeza é quanto a mulher ganhava por hora.

Não estou esquecendo nada? Estou, sim, pois em cada cachoeira essa mulher se movimentava de modo não natural na paisagem, passando de um lugar para outro com a velocidade de um raio. Sim, com a velocidade de um raio. Mas isso também era um truque. Sei lá quantas "fadas" estavam trabalhando em Kjosfos naquela tarde. Fossem duas, fossem três, todas recebiam a mesma remuneração.

Escrevo estas linhas porque me ocorreu que, na época, nós não pensamos numa coisa, se bem que, em minha opinião, não seja tarde demais para levar essa circunstância em consideração. É possível que a "mulher amora" também tivesse sido "plantada" lá, não sei como. Talvez representasse um papel, talvez nos tenha pregado uma peça, e quem garante que nós fomos as únicas vítimas da sua atuação no papel de mulher amora? Quase em toda parte existem essas figuras folclóricas.

Mas será que não estou esquecendo nada? Estou. Mais uma vez. Pois ela não só parecia saída do nada como deu a impressão de ser tragada pelo chão quando terminou de apresentar o seu esquete. E pode ser que tenha sido realmente assim. Vai ver que ela era uma gozadora e se enfiou num buraco, numa toca, ou se escondeu no mato, sei lá. Nós não vasculhamos o terreno, a verdade é que saímos em disparada como se o diabo em pessoa estivesse no nosso encalço.

Às vezes a gente diz: só acredito se eu vir com os meus próprios olhos. Mas isso não significa que nós sejamos obrigados a acreditar. Umas poucas vezes, convém esfregar os olhos antes de julgar. Convém perguntar como é possível que uma coisa ou pessoa nos engambele assim. Nós não fizemos nada disso. Estávamos desvairados de medo. Ademais, estávamos atordoados devido às coisas ocorridas dias antes. Se um de nós perdesse a cabeça, com certeza o mesmo se passaria com o outro.

Mas você não deve se sentir rejeitada agora. Revê-la foi uma alegria tão grande para mim que às vezes me surpreendo sorrindo à toa. Pois estou longe de considerar esses encontros fortuitos indiferentes ou inúteis. Eles podem ter um sentido tremendo simplesmente porque nos pegam e nos transformam. Também podem ser decisivos nos acontecimentos posteriores.

Mas a gente se reencontrar justamente lá! E ainda tornar a subir até o chalé. Quem podia imaginar que isso ia se repetir?

Uma caminhada de quatro horas não chega a ser excessiva para quem empreende tais passeios, digamos, uma ou duas vezes por ano. Mas haviam decorrido décadas desde a última vez, de modo que quatro horas foram muito. Por isso a diferença entre o nosso encontro e nada *é assombrosamente grande.*

O.k., Steinn. Foi bom ler a sua mensagem. Mas você faz questão de me lembrar da nossa separação, de indagar o porquê. Um motivo foi que nós, na época, tal como hoje, interpretamos de maneira completamente diferente as coisas que vivenciamos.

Outra razão foi você sempre desdenhar a minha interpretação.

Mesmo assim, é muito gostoso ler as suas palavras. Sinto falta de você. Mas tenha um pouco de paciência, prefiro responder quando estiver mais bem-humorada.

Não tive intenção de desdenhar coisa alguma, se bem que já não me lembro de como me exprimi. O que foi que eu escrevi? Não disse que às vezes me pego sorrindo, aqui em casa, pensando no nosso reencontro?

Aliás, preciso contar mais uma coisa. Eu viajei numa balsa cujo nome era o mesmo do braço de fiorde. Primeiro ancoramos em Hella, o lugar em que, naquela vez, nós estacionamos o nosso pobre calhambeque — achei esquisitíssimo estar ali no deque, olhando para o ancoradouro, mas logo atravessamos o braço principal do fiorde rumo a Vangsnes e viramos para ir a Balestrand. Lá fiquei passeando à toa no cabo, perto do Hotel Kvikne, à espera da balsa rápida de Bergen. Ela chegou com um pouco de atraso, creio que de meia hora, e, ao subir a bordo, eu vi que se chamava M/S Solundir.

Juro que levei um susto. E é claro que pensei em você. Na verdade, fazia dois dias que não pensava em outra coisa: desde a nossa despedida no velho porto do vapor. Mas agora fui obrigado a pensar também naquele verão em que fomos visitar a sua avó na ilha de Solund. Ela não se chamava Randi? Randi Hjønnevåg?

Fiquei perdido em pensamentos, ou melhor, fiquei num estado de espírito que despejou, subitamente, uma avalanche de antigas recordações, imagens e fortes impressões à beira-mar de quando só tínhamos vinte e poucos anos, verdadeiras sequências cinematográficas de episódios de que já nem me lembrava de haver filmado, e não era um filme mudo, pois cheguei até a ouvir a sua voz, a sua risada, você conversando comigo. E, à parte isso, ouvi o vento e as aves marinhas, cheguei a sentir o cheiro do seu cabelo comprido e escuro. Cheirava a maresia e a algas. Não foi um fluxo normal de pensamento, ele borbotava como um gêiser de felicidade contida ou como um olhar para trás, para o tempo que um dia nos pertenceu.

Primeiro topei com você no velho hotel, mais de trinta anos depois da nossa última estada; depois, quando segui viagem, foi numa embarcação com o nome da ilhota da família da sua mãe. A propósito, certa vez você não me contou que quase a batizaram com o nome daquele lugar? Além disso, nós dois falamos muito em Ytre Sola, a ilha em que a sua avó morava, a mais remota de todas. Mas Solrun e Solundir! Então não era mesmo para levar um susto?

Mas não acho conveniente deixar esse encadeamento de fatos levar-nos a conclusões místicas. A balsa simplesmente deve o nome a um porto do distrito em que eu estava, nada mais. Isso me tranquilizou. Mas ainda fiquei um bom tempo lá no deque, sorrindo com os meus botões.

O que você acha?

Agora eu estou aqui. Quer dizer, em Solund, na velha casa de Kolgrov, olhando para a ilha e os escolhos. A única coisa que estorva um pouco o panorama é um par de pernas masculinas. Niels Petter está trepado numa escada de alumínio, pintando a moldura da janela do primeiro andar.

Na quarta-feira, quando você e eu voltamos do chalé, meu marido fez questão de partir o mais depressa possível, queria porque queria estar em casa, em Bergen, na hora do noticiário da noite.

Já eram quase três da tarde quando nós passamos por Bøyadalen e pelo túnel da geleira. Ao sair do túnel, viajando à beira do comprido lago Jølstravatn, vimos a neblina se dissipar e o sol aparecer. E a neblina foi a única coisa que Niels Petter se dispôs a comentar antes de chegarmos a Førde. Está clareando, disse. Isso quando contornávamos o lago já perto de Skei. Eu tentei puxar conversa, mas não consegui extrair mais nada dele. Depois me ocorreu que aquela observação talvez não fosse apenas um comentário meteorológico, e sim uma referência tanto ao seu humor quanto à névoa.

Então, quando passamos por Førde, indo para o sul, ele se virou e disse que tinham sido muitas idas e vindas para um só dia e que nós podíamos muito bem passar a noite na casa da família da minha mãe, a qual agora chamamos de "casa de veraneio". A nossa intenção era voltar para casa, principalmente por causa dos planos dele no dia seguinte, mas a proposta foi um gesto de reconciliação, por um lado, pelo tanto que ele se irritou quando eu decidi ir passear com você — depois de mais de trinta anos, Steinn! — e, por outro, porque depois disso ele ficara horas emburrado no carro, sem dizer uma palavra. E foi o que fizemos. Atravessamos o fiorde entre

Rysjedalsvika e Rutledal e fomos para a ilha de Solund. Passamos um dia maravilhoso à beira-mar enquanto você participava da inauguração do tal Centro Climático. Naturalmente eu enviei pensamentos a você, ou seja, lembranças e instantâneos, momentos que outrora vivemos juntos, coisa que continuei fazendo no dia seguinte, ao sabor de recordações intensas, e algumas lhe chegaram na forma de "sequências cinematográficas" que você já nem se lembrava de haver filmado...

Chegamos a Bergen tarde da noite de quinta-feira e, na manhã de sexta, fui ao cais ver a *Solundir* atracar. Ela parte de Bergen às oito horas. Eu sabia que você ia sair de Balestrand naquela manhã, você me contou, e já que tinha acordado cedo, fiz um passeio matinal de Skansen até o cais, passando pelo mercado de peixes. Para lhe desejar boa viagem, Steinn, e para me despedir mais uma vez. Irracional, sem dúvida, mas eu tinha certeza de que era exatamente isso que queria. E não me diga que essa saudação não chegou a você. Achei engraçado imaginá-lo viajando na *Solundir* e acreditei que pensaria em mim e no nosso idílio de verão aqui.

O nome da balsa não é o meu. Mas, como você mesmo disse, deriva daquela comunidade ilhoa a oeste, próxima do estuário do fiorde de Sogn, onde passei quase toda a manhã e onde agora escrevo e olho para o mar. Por sorte, as pernas sumiram por ora, elas perturbavam um pouco a paisagem e também o meu pensar...

Solundir é simplesmente o antigo plural nórdico de *solund*, há muitas centenas de ilhas Solund aqui. *Sól* significa "sulco"; e "*und*", "provido de". Ou seja, as ilhas de Solund têm sulcos. É uma descrição precisa da geologia do lugar, "sulcada, erodida pela água...".

Você certamente se lembra quando brincávamos de esconde-esconde nas psicodélicas formações rochosas, todas elas feitas de conglomerações coloridas, e tampouco deve ter esquecido que nós passávamos horas catando pedrinhas naquela paisagem escultural. Você, mármore; eu, uns seixos vermelhos. Elas continuam aqui e brilham, as suas e as minhas. Eu as coloco nos canteiros.

É verdade, a minha avó se chamava Randi, e me decepciona um pouco o fato de você, que se dava tão bem com ela, já não ter certeza. Lembro da ocasião em que você a descreveu como a pessoa mais doce e linda que já tinha visto na vida, e ela, por sua vez, vivia murmurando consigo no jardinzinho: "Puxa, esse Steinn!". "Esse Steinn" era muito especial. Ela nunca havia topado com um rapazinho tão bom.

A minha mãe também foi criada na região, você sabe, lá onde hoje fica a comunidade mais ocidental do país. Seu nome de solteira era Hjønnevåg, você decerto se lembra, e não foi por acaso que meus pais me batizaram Solrun, eles se inspiraram um pouco nesse histórico familiar.

Agora estamos todos dentro de casa; em poucos dias, a escola e o cotidiano vão tomar conta de tudo. Ingrid acaba de concluir o ensino médio. Considerando que estamos à beira-mar, até que tem ventado pouco, tanto que ontem, excepcionalmente, ficamos no quintal e fizemos churrasco.

Steinn, o mundo não é um mosaico de casualidades. Tudo se relaciona com tudo.

Ainda bem que você respondeu. Quer dizer, ainda bem que o seu humor não demorou tanto assim para melhorar.

Que fantástico imaginá-la aí. Até certo ponto, é como se eu também estivesse presente, isto é, enquanto trocamos mensagens. Pois acredito piamente que duas pessoas podem estar próximas por maior que seja a distância física entre elas. Concordo com você: tudo no mundo se relaciona.

Foi muita gentileza sua ir ao cais acenar para mim na balsa rápida. Sou até capaz de vê-la à minha frente, você descendo os muitos degraus de Skansen, e essa imagem me leva a pensar num filme espanhol. E, em todo caso, agora posso confirmar que o seu aceno chegou, sim.

Mas na subida do vale Mundal, você disse uma vez que negava os "tais fenômenos sobrenaturais". Frisou que não acreditava nem mesmo em telepatia, tampouco em qualquer forma de clarividência ou intuição. Disse-o justamente quando citei alguns exemplos de prodígios assim. Talvez você não use as antenas que tem, talvez não queira tirar os antolhos, ou então não está disposto a admitir que às vezes "pressagia" coisas que julga serem ideias próprias.

Mas você não é o único, Steinn. Na nossa época, o que não falta é cegueira mental e indigência espiritual.

Eu, pelo contrário, sou tão ingênua que não consigo considerar uma reles casualidade o fato de nos termos encontrado na varanda daquele hotel. Creio que nessas coisas há uma espécie de orquestração. Não me pergunte como nem por quê, pois não sei. Mas não entender isso é fechar os olhos, o rei Édipo também não enxergou o que o destino lhe reservava, e quando tudo ficou óbvio para ele, sentiu tanta vergonha que furou os próprios olhos. No tocante ao seu destino, Édipo sempre foi cego.

Isto aqui está parecendo um pingue-pongue, talvez valha a pena a gente ficar a tarde toda trocando mensagens. Quem sabe assim também passo, de certo modo, este dia de verão aí em Solund. Não acha?

Claro que sim, agora nós estamos conversando. Estou de férias, e, nas férias, a regra tácita da casa é fazer o que der na telha. Nossa única exigência é fazermos as refeições juntos. Com exceção do café da manhã, que cada um o toma quando acorda. Mas não faz muito tempo que almoçamos, e não tenho nenhuma obrigação até a hora do jantar. Se não ventar, pode ser que façamos churrasco outra vez.

E você? Quer dizer, onde *eu* posso passar esta tarde "de certo modo"?

Infelizmente, não tenho nada a oferecer que combine com o seu ambiente. Estou num tedioso escritório da universidade, em Blindern, e aqui pretendo ficar até as sete horas, quando vou me encontrar com Berit em Majorstua. Vamos a Bærum visitar o pai dela, velho já, mas mentalmente jovem e extremamente espiritualizado. Mas vai demorar, de modo que ainda temos algumas horas.

Não esqueça que estudei cinco anos em Blindern. Esses anos, Steinn... para mim, pode ser muito exótico imaginar-me aí novamente.

Aposto que, naquele tempo, você nunca se imaginou professor da Universidade de Oslo. Você não queria o magistério secundário?

Acontece que, quando você foi embora, eu me deparei com um excesso de tempo quase ameaçador, coisa que acabou me valendo o doutorado e uma bolsa de pesquisa. Mas prefiro ainda não conversar sobre "aquele tempo". O que eu quero é saber quem você é hoje.

Bom, acabei virando professora do ensino médio, nós já falamos nisso, e juro que não me arrependo. Acho um privilégio poder ganhar a vida convivendo diariamente com gente jovem e engajada e, ainda por cima, lidando com matérias importantes para mim. Não é mero clichê dizer que a gente passa a vida aprendendo. Além disso, numa ou noutra turma, sempre aparece um loirinho de cabelo crespo que me lembra você e a nós dois naquele tempo, e houve um que era a sua cara, inclusive tinha a voz quase igual à sua.

Mas agora quem está com a palavra é você. Afinal eu escrevi que não considero necessariamente uma casualidade o fato de termos nos encontrado naquela varanda...

Pois nos encontramos! Mas palavras como "casualidade" ou "acidente" sugerem uma coisa que, do ponto de vista estatístico, não é lá muito provável. Uma vez, calculei que, num jogo de dados, a chance de acertar doze vezes o número seis, quer dizer, doze vezes seguidas, mal chega a uma em 2 milhões. Isso não significa que nunca aconteça de alguém por acaso acertar doze vezes seguidas o mesmo número, mas isso se deve ao mero fato de neste planeta viverem vários bilhões de almas, e quase em toda parte se jogam dados. Mas não passa de um caso isolado e fictício de supercoincidência, uma coincidência de dimensões astronômicas, e, nessas situações, muita gente cai na gargalhada histericamente, pois, em termos estatísticos, seria preciso passar milhares de anos lançando dados para ter uma chance mais ou menos razoável de acertar uma série de doze números iguais, mesmo que isso ocorra espontaneamente no espaço de poucos segundos. Não é uma ideia simpática?

Em todo caso, foi uma supercoincidência topar com você naquele lugar. Uma loucura. Aliás, eu não vacilaria em dizer que foi muita sorte. Mas "sobrenatural", não, "sobrenatural" não foi.

Tem certeza disso?

Quase. E além do mais estou convencido de que não existe nenhum destino, nenhuma orquestração, nenhuma energia mental capaz de influir, por exemplo, no resultado de um jogo de dados. É claro que isso se pode simular ou falsificar; ademais, é possível que a memória falhe ou que a história seja mal contada, mas os fatos físicos não se deixam influenciar pelo destino, nem pela divina Providência, nem pelos pseudofenômenos a que alguns dão o nome de "psicocinese".

Por acaso você conhece alguém que tenha enriquecido porque conseguiu determinar ou prever exatamente a casa em que a bolinha ia parar na roleta? Basta ter a faculdade de antecipar alguns segundos para ganhar uma fortuna de milhões. Só que ninguém tem essa faculdade. Ninguém! Por isso os cassinos não proíbem a entrada de videntes e adivinhos. Essa proibição é desnecessária.

Além disso, no que se refere aos jogos de azar e à vida em geral, convém levar em conta outra circunstância. A cultura em que vive-

mos tende a recordar e registrar meticulosamente as casualidades mais espantosas do mundo, e, para os desavisados, qualquer punhado de acontecimentos espetaculares serve como prova da existência de "forças" capazes de interferir em nossa vida.

Em minha opinião, é necessário entender esse mecanismo. Além disso, a decisão de quais "bilhetes premiados" hão de ser lembrados e transmitidos remete-nos à doutrina darwinista da seleção natural. A única diferença é que, no caso, se trata de seleção artificial. *Coisa que, infelizmente, costuma redundar no surgimento de estranhas fantasias.*

E nós, mais ou menos conscientemente, não tardamos a estabelecer conexões entre circunstâncias que nada têm a ver entre si. Acredito que se trata de um procedimento tipicamente humano. Ao contrário dos animais, nós geralmente procuramos a causa oculta, por exemplo, um destino, um presságio ou qualquer outro princípio condutor, mesmo ali onde tal instância não existe.

Considero uma bruta casualidade nós termos nos encontrado naquele dia de verão. A probabilidade de acontecer era mínima — nenhum dos dois nunca mais voltou àquele lugar desde a última vez —, mas, por microscopicamente ínfima que fosse a probabilidade, isso não prova que tenha havido mais do que uma gigantesca casualidade.

Se inscrevêssemos num livro bem grosso alguns dos exemplos mais convincentes de encontros significativos na história da humanidade — ou seja, os bilhetes premiados —, teríamos de arranjar lugar para muitos milhares de volumes caso nos ocorresse incluir também os bilhetes não premiados. Mas não há florestas suficientes para tal quantidade de livros. O nosso planeta simplesmente não tem espaço para tantos livros ou árvores.

Apesar disso, excepcionalmente, quero me concentrar num único bilhete não premiado, por isso pergunto: você se lembra de já ter lido uma longa entrevista com alguém que não *ganhou na loteria?*

Você não mudou muito. E isso não é ruim, Steinn. A sua teimosia tem algo de viçoso e juvenil.

Mas talvez você esteja cego. Talvez você seja simplório e, ao mesmo tempo, exageradamente racional.

Lembra daquele quadro de Magritte, um gigantesco rochedo pairando na paisagem? — e no rochedo flutuante havia um castelinho, creio. Duvido que você tenha esquecido esse quadro.

Mas, se hoje presenciasse um fenômeno parecido, com certeza tentaria exorcizá-lo à custa de argumentos. Diria, quem sabe, que o que viu era uma armação. O rochedo devia ser oco e cheio de hélio. Ou então estava preso a um engenhoso sistema de roldanas e cordas invisíveis.

Eu sou uma alma muito mais singela. Simplesmente levantaria os braços para o rochedo e gritaria "aleluia".

No primeiro e-mail, você escreveu: "Às vezes a gente diz: só acredito se eu vir com os meus próprios olhos. Mas isso não significa que nós sejamos obrigados a acreditar...".

Confesso que essa afirmação me deixa apreensiva. Aos meus ouvidos, desconfiar dos próprios sentidos soa antiempírico. Francamente, parece-me um tanto medieval...

Quando os sentidos diziam algo que não estivesse de acordo com Aristóteles, então os sentidos estavam errados, e quando a observação da trajetória dos corpos celestes não correspondia à visão geocêntrica, eles inventavam um abracadabra, ao qual davam o nome de "epiciclo", para explicar o que viam. E, como se isso não bastasse, os servos da Igreja e a Inquisição eram munidos de autocensura e se recusavam a olhar pela luneta de Galileu. Mas você está careca de saber disso...

Acaso lhe ocorreu que nós dois já vimos algo como um gigantesco rochedo flutuar sobre o musgo e a erica? Um milagre, digo eu. Um milagre pairando sobre este mundo! E ainda me permito acrescentar: nós observamos exatamente a mesma coisa, quanto a isso não tivemos a menor dúvida.

Não mesmo?

Decididamente, não. Mas, voltando ao nosso reencontro no interior do fiorde, deixemos de lado toda essa trama do destino...

Como assim?

Talvez essa "casualidade" se deva a algo tão banal como um pouco de telepatia perspicaz. Muito embora isso não signifique nada para você, pois resolveu também não "acreditar" em transmissão de pensamento.

Será que não vale a pena você me dar uma chance e olhar ao menos de relance pela minha luneta de Galileu?

Eu não sei explicar a gravidade. Ela simplesmente existe. E, naturalmente, é com prazer que dou uma olhada na sua luneta de Galileu. Se você tivesse uma dúzia de lunetas, eu olharia por todas elas. Mas, por ora, basta a primeira.

Para Niels Petter e para mim, foi um passeio totalmente espontâneo, e estou certa de que foi minha a ideia de passar um dia em Fjærland e visitar a aldeia do livro e o Museu da Geleira. Afinal, nós já estávamos voltando da Noruega Oriental para Bergen, mas, depois de tantos anos, nada me impedia de fazer uma excursão até lá, eu pensei, mesmo que me doesse um pouco, é claro. Foi uma espécie de inspiração repentina. A ideia simplesmente surgiu dentro de mim.

Você, por sua vez, teve um horizonte de planejamento muito mais longo; no caso, deve ter sido o remetente e eu, a destinatária. Não seria surpreendente você pensar em mim já que ia viajar para lá pela primeira vez desde que nós dois nos hospedamos no hotelzinho de madeira. O que estou tentando explicar é que a gente não percebe quando envia ou recebe. Você também não nota nada na sua cabeça quando pensa.

Mesmo que pense numa coisa extremamente dramática, violenta ou triste, não *nota* nenhum ranger, tilintar ou chiar aí dentro. Isso acontece porque, geralmente, o pensamento nada tem a ver com o corpo nem com processos físicos.

Em minha opinião, a explicação mais simples para o fato de nós dois, ao mesmo tempo, termos ido parar naquele que um dia foi o lugar mais lindo e mais triste da terra em nossa vida, é a telepatia. As suas explicações ou digressões são muito complicadas, acho, cheiram a espasmos estatísticos.

Em termos de cálculo de probabilidade, o nosso encontro naquela varanda foi mais ou menos como se estivéssemos em lados opostos do mundo e cada qual desse um tiro no outro, e então as duas balas se chocassem em pleno fiorde e caíssem na água como um só corpo. Isso talvez fosse sobrenatural. Em todo caso, podia ser descrito como um prodígio de precisão. Mas me parece bem mais fácil entender que duas almas que outrora estiveram muito próximas podem se comunicar, na distância, sobre uma coisa que com elas teve uma ligação profundamente emocional. Você me enviou um sinal, dizendo que ia para lá, e eu recebi esse sinal. E também fui.

Telepatia, portanto. Esse fenômeno bem documentado a que recorro como explicação aceitável para isso que você prefere reduzir a uma "supercoincidência" é coisa pesquisada experimentalmente em várias universidades do mundo; já nos anos 1930, um dos pioneiros foi o casal Rhine, da Duke University, na Carolina do Norte. Se você quiser, indico alguns livros, tenho toda uma literatura.

Não é verdade que a mecânica quântica mostrou que tudo no Universo se inter-relaciona, até as menores partículas?

Ultimamente, com o auxílio de alguns colegas, tenho estudado um pouco de física quântica. Aliás, faz um ano que promovemos um encontro multidisciplinar aqui no colégio. Chama-se *In vino veritas*, e o nome já mostra que a coisa é bem descontraída, porém, as noites que passei em contato com físicos e cientistas não me deram a impressão de que a física moderna tenha tornado o mundo menos misterioso que no tempo de Platão. Mas fique à vontade para me corrigir, Steinn, caso você se ache mais bem informado.

Quando duas partículas, por exemplo, dois fótons, têm origem ou ponto de partida comum e depois se separam, uma se afastando da outra em alta velocidade, ambas continuam conectadas como uma unidade. Mesmo quando percorrem o espaço em direções opostas e entre elas se abre uma distância de anos-luz, as duas permanecem emaranhadas, cada qual leva em si informações sobre as características da outra, e uma "partícula gêmea" fica marcada por aquilo que acontece com a outra. Naturalmente, não se trata de comunicação, e sim de *ligação* ou, se preferir, de "não localidade". É que, no âmbito quântico, o mundo é não local. Trata-se de um fenômeno estranhíssimo, talvez tão incompreensível quanto a gravidade, e Einstein chegou a negá-lo, pois lhe parecia uma provocação à razão, mas, de lá para cá, ele foi confirmado por experimentos.

Não estamos falando em telepatia, e sim em telefísica. Muito embora, na minha opinião, o contato espiritual a grandes distâncias seja mais importante para os seres humanos que para a mecânica quântica — simplesmente porque aqui os espíritos somos nós. Veja as estrelas e galáxias. Olhe para os cometas e asteroides que passam, e ria à vontade. Eles são poderosos corpos celestes, apesar de *nós* sermos as almas viventes neste Universo. Que podem os cometas e asteroides? Que percepção têm eles do todo? Que consciência de si possuem?

Se eu fosse supersticiosa, diria que os fótons têm consciência e se comunicam à distância, já que transmitem pensamentos entre si. Mas não acredito nisso. Acredito que nós, humanos, ocupamos uma posição especial. Somos os espíritos no teatro deste Universo!

Steinn! Enquanto você lê esta frase, alguns bilhões de neutrinos percorrem velozmente o seu cérebro, eles vieram do Sol, vieram de outras estrelas da Via Láctea, vieram de outras galáxias do Universo. E, à sua maneira, também são expressões da não localidade do Universo.

Outro paradoxo é o fato de as partículas mecânicas quânticas se comportarem ora como ondas, ora como partículas. A experiência mostra que um elétron, que é um pequeno ponto-partícula ou um "troço", pode perfeitamente passar por duas fendas ou buracos diferentes ao mesmo tempo. Isso é tão espantoso quanto imaginar uma bola de tênis passando, ao mesmo tempo, por dois buracos no alambrado que cerca a quadra.

Não lhe peço que entenda ou explique que algo seja simultaneamente onda e partícula ou às vezes uma coisa, às vezes outra. Só lhe peço que se curve diante do Universo tal como ele é. Se as leis da física são enigmáticas, pelo menos aos nossos olhos, é porque assim devem ser. Podemos lamentar não compreender tudo entre o céu e a terra — deve ser um ótimo exercício matinal para os poetas, ou seja, um elegíaco balançar da cabeça por entendermos tão pouco o Universo misterioso que habitamos —, mas, por enquanto, não nos resta senão aceitar esse fato.

Talvez não seja compreensível, com base naquilo que hoje podemos explicar matemática ou fisicamente, que você me envie um pensamento e eu o receba mais ou menos conscientemente. Mas é possível que seja mais fácil aceitar isso que a física quântica.

Não acha?

O matemático e astrofísico britânico James Jeans disse uma vez: "O Universo parece-se mais com uma grande ideia do que com uma grande máquina".

Acaba de chegar um novo relatório sobre o clima e é ainda mais alarmante do que receávamos, e eu tive contato com dois jornalistas alvoroçados que querem um comentário sobre absolutamente tudo neste mundo antes do fechamento da edição. Atualmente há uma grande histeria provocada pela mídia em torno dessas questões. Por isso, preciso interromper brevemente a nossa conversa, mas estarei de volta antes do fim da tarde. Por ora, pode ter certeza de que respeito as suas convicções, e mais: sejam quais forem os ismos que hoje venhamos a professar, eu a respeito muito como ser humano. Perdoe-me por não acreditar nos tais "fenômenos sobrenaturais".

Tudo bem. Mas há muitas camadas em você, meu caro, eu o conhecia bem antigamente, e agora vou escrever algumas palavras sobre a mulher amora. Eu intuo por que você se defende tanto dela, assim como naquela noite, através da parede e da porta fechada, pude vê-lo fumando no outro cômodo, mas agora escute.

Depois você chorou, soluçou feito criança, e eu precisei acalentá-lo. E o que aconteceu mais de trinta anos depois, quando lá subimos outra vez?

Você escreve que não acredita em forças desconhecidas que interfiram em nossa vida. Mas lá no alto, quando estávamos diante do bosquezinho de bétulas, você tremeu como vara verde. E o corpo não mente.

Quando nos aproximamos, pegou repentinamente a minha mão. Naquele tempo remoto, nós costumávamos andar de mãos dadas quando saíamos, mas agarrar a minha mão agora foi quase escandaloso. É claro que compreendi que estávamos muito perto do lugar e que você precisava do meu apoio. Porque estava com medo! Pelo menos, não estava firme e seguro lá em cima, no bosque de bétulas. Tinha medo daquilo que não é deste mundo.

Você tem uma mão forte, Steinn. Mas ela tremia!

Eu também fiquei abalada com a gravidade do momento. Mas fui mais sensata que você, tive mais autoconfiança, e isso porque, desde o começo, desenvolvi uma espécie de convicção acerca do além. Para mim, o "paranormal" é normal. Eu estava preparada para o caso de ela voltar a se materializar. Ainda que o termo "materializar" seja um tanto falacioso, pois ela não era material. Talvez nem se deixasse registrar por uma máquina fotográfica. Era o que chamamos de "aparição". Na história e na parapsicologia, abundam relatos de tais fenômenos, assim como de pessoas que apareceram a outras muito embora, no mundo físico, ambas talvez se encontrassem a quilômetros de distância. Além disso, a literatura é rica em notícias de gente que recebeu mensagens de gente recém... — não falecida, mas *ressuscitada*, ou que viu essa pessoa. Naturalmente, o exemplo mais conhecido é Jesus. No entanto, nós vivemos numa cultura excessivamente materialista que bloqueia quase totalmente o contato com o espiritual — para nem mencionar o além. Mas leia Shakespeare, leia as sagas clânicas islandesas, passe mais uma vez os olhos pela Bíblia ou por Homero. Ou escute o que as diversas culturas têm a dizer a respeito de seus xamãs e antepassados.

Sabe, creio que a cena daquela ocasião foi principalmente um *consolo* para nós. Pois aquilo que você chama de "esquete" teve algo em que depois pensei inúmeras vezes. Ela não olhou para nós com censura nem ódio, mas com muita indulgência. Sorriu até. Já estava no outro lado, e lá não existe ódio. Onde não há matéria naturalmente não há ódio.

No entanto, para nós, foi uma experiência tão devastadora, para mim também, que os dois ficamos morrendo de medo, se bem que já fizesse uma semana que estávamos assim. Se ela tornasse a aparecer, eu a receberia de braços abertos.

Mas ela não apareceu dessa vez...

A morte não existe, Steinn. E não existem mortos.

2

Pronto, estou de volta. Você continua diante do computador?

Estou dando voltas ao redor dele, Steinn. Que diz o novo relatório climático?

É muito alarmante e sugere que, até agora, os resumos do painel da ONU sobre mudança climática foram muito conservadores. Não deram a devida importância aos chamados mecanismos de realimentação. Em suma, é o seguinte: quanto mais quente ficar, mais quente fica. Se a neve e o gelo do Ártico derreterem, menos luz solar será refletida e o conjunto da Terra ficará mais aquecido. Isso, por sua vez, leva o permafrost *a derreter e liberar mais gases de efeito estufa, como o metano. E há outros mecanismos intensificadores desse tipo, talvez estejamos nos aproximando do ponto fatal em que tudo se desequilibrará e já não será possível evitar uma catástrofe global. Ainda há pouco tempo, muita gente acreditava que, apesar dos pesares, demoraria meio século para que o semestre de verão do Ártico ficasse totalmente sem gelo. Agora vemos que esse processo é muito mais rápido do que se esperava, talvez questão de apenas duas décadas. O desaparecimento do gelo no norte contribui para acelerar o recuo dos glaciares na Ásia, na África e na América do Sul e, em consequência, essas importantes caixas-d'água encolherão e os rios ficarão secos durante parte do ano, prejudicando a produção agrícola e o fornecimento de água potável a milhões de seres humanos. Mas os seres humanos não são os únicos vulneráveis. O relatório mostra que até cinquenta por cento das espécies vegetais e animais do mundo estão ameaçadas.*

Que estamos fazendo com o nosso planeta? Eis a questão. Só temos este e precisamos compartilhá-lo com os que virão depois de nós.

Mas vamos conversar. Posso continuar?

Sim, continue. Vou arrumar os jornais e revistas na sala, mas volto correndo quando ouvir o sinal do computador.

Claro que me lembro muito do quadro de Magritte. Nós tínhamos uma reprodução dele no quarto, e agora tornei a encontrá-lo na internet. Intitula-se Le Château des Pyrénées *e representa um mundo flutuante. Pelo menos foi assim que sempre o interpretamos. Nós éramos agnósticos. Não nos dispúnhamos a aceitar assim, sem mais, a antiquíssima alegação de que tudo tem necessariamente uma origem e, portanto, deve existir um "Deus" que criou o mundo. Vivíamos discutindo se existia uma instância por trás daquilo que denominamos "Universo". Mas nenhum dos dois acreditava em qualquer forma de "revelação" de forças superiores. Em compensação, vivíamos assombrados pela existência do mundo e pela nossa própria existência.*

Pois eu, Solrun, continuo com a mesma visão. Nunca vou deixar de me admirar com a existência do mundo. Em comparação, aquilo que apareceu no bosque de bétulas é um mistério menor, muito menor, sim, um mistério quase marginal, caso você queira saber. A arte circense e os truques de vaudeville *nunca me fascinarão como as estepes e as florestas equatoriais, como as bilhões de galáxias do espaço cósmico e os muitos bilhões de anos-luz que os separam.*

Tal como você antigamente, sigo achando o mundo um enigma muito mais emocionante que os enigmas que há no mundo. Fico muito mais espantado com o nosso cérebro inescrutável que com as tantas histórias sem pé nem cabeça acerca do "sobrenatural".

Tampouco acredito que se possa transferir em grande escala os paradoxos da física quântica para a física, muito menos para fenômenos "espirituais", como a transmissão de pensamento entre os mamíferos superiores. Mas que existam mamíferos superiores e que eu seja um deles, isso sim me fascina tremendamente. Você precisa procurar muito para achar um cara mais deslumbrado que eu com a própria existência. É uma afirmação pretensiosa, mas arrisco fazê-la. Por isso, a acusação de racionalidade simplória não me atinge.

Mas o que foi feito de você, afinal? Onde você foi parar?

Você escreve que agora tem plena certeza do além e proclama que a morte não existe. Mas será que ainda é capaz de se alegrar com cada segundo que vive aqui e agora? Ou o seu interesse pelo além desalojou totalmente o temporal?

Será que ainda sente uma "tristeza infinita" pelo fato de a existência ser "tão breve, tão breve"? Eram as suas palavras então. Ainda fica com lágrimas nos olhos quando pensa em coisas como "a velhice" e "o fim da vida"? Ainda tem vontade de chorar ao contemplar um pôr do sol? E de repente você arregalava os olhos e exclamava, horrorizada: Um dia nós não estaremos mais aqui, Steinn! Ou: Um dia deixaremos de existir!

Nem todas as garotas de vinte anos têm essa capacidade de imaginar a ausência de sua própria existência, pelo menos não com tanta intensidade. Mas isso passou a ser o nosso ponto de referência quase cotidiano. Não era à toa que nos arrojávamos nas mais frenéticas aventuras. No fim, eu já não precisava perguntar por que você estava chorando. Eu sabia por quê, e você sabia que eu o sabia. Então eu propunha passear no bosque ou nas montanhas. Foram muitas as nossas excursões alentadoras na floresta ou nos ermos. Você adorava o contato com a natureza. Mas esse seu amor pelo que às vezes chamava de "natureza total" era, de certo modo, uma paixão infeliz, pois você sempre soube que um dia seria traída por aquilo que tanto amava e, em última instância, ia ficar na mão.

Era assim. Você oscilava entre o riso e o pranto. Sob a fina camada da fervorosa alegria de viver, o que havia lá dentro era tristeza. Comigo ocorria o mesmo. Nós éramos parecidos. Mas creio que a sua tristeza era mais profunda que a minha. Assim como o seu entusiasmo e o seu encanto.

Mas voltemos à "mulher amora". Não vou tentar persuadi-la de nada e concordo que, na ocasião, eu estava totalmente destrambe-

lhado. A semelhança era simplesmente chocante. Como foi que ela conseguiu tal proeza?

Mas quando as minhas mãos tremeram naquele dia, foi a própria vida que tremeu. Trinta anos depois, quando voltamos a percorrer aquele caminho, ficou brutalmente claro para mim o que era ser tão jovem, mas também o que era sermos nós. Mas, antes, três décadas antes, aconteceu algo no bosque de bétulas, uma coisa enfeitiçada que nos separou bruscamente.

Claro que foi por isso que segurei a sua mão, porque estávamos prestes a passar pelo bosque de bétulas. Eu me lembrava do quanto foi chocante passar por lá trinta anos atrás. Lembrava-me de como nós ficamos apavorados e não nego que também agora senti um sopro de medo e susto. Mas não medo de ver um fantasma. Foi o medo de ser dominado pela própria loucura. Ou pela do outro. O medo é contagioso. A loucura também.

Depois do que aconteceu naquela vez, você nunca mais voltou a ser a mesma. Nas semanas subsequentes, chegou a acontecer de eu ter medo de ficar no mesmo quarto que você. Simplesmente prendia a respiração e me agarrava à esperança de que você voltasse. Mas, antes que isso acontecesse, você empacotou parte dos seus pertences e foi embora. Depois disso, passei muitos anos às voltas com a saudade. Achava que você ia aparecer a qualquer momento. Além disso, de madrugada, pensava que você ia abrir a porta, pois tinha levado a sua chave. Deitava na vasta cama de casal e sentia saudade, mas também temia que você chegasse antes de ter voltado a ser a Solrun que eu conhecia, e, depois de alguns anos, instalei uma trava de segurança.

Continuo convivendo com a "mulher amora" como o acontecimento mais enigmático da minha vida. Mas nós éramos tão jovens na época. Além disso, já transcorreram mais de trinta anos, e não me lembro mais.

Sim, Steinn.

Sim o quê?

Ele voltou. Não consigo me concentrar. Não consigo recuar trinta anos com ele aí na escada, mergulhando o pincel numa lata de tinta verde. Será mesmo necessário dar duas mãos de tinta? Pelo menos não convém esperar um dia para que a primeira camada fique bem seca?

Então vá fazer outra coisa. Ainda vou ficar duas horas por aqui.

Fui buscar um copo de suco de maçã com quatro pedras de gelo, e ainda bem que agora as pernas e a escada de alumínio desapareceram. Só espero que ele não resolva dar a terceira demão.

Mas, agnósticos? Essa é boa! Nós éramos bonecos vivos. Lembra? Andávamos por aí com uma eterna atitude mágica e acreditávamos ser os únicos capazes dessa atitude. Éramos *outsiders*, criamos para nós um posto avançado que nos dava a possibilidade de tudo observar de esguelha, era como se tivéssemos fundado uma religião só nossa. Aliás, era justamente isso que dizíamos, dizíamos que tínhamos uma religião própria.

Mas não nos ocupávamos unicamente de nós, durante algum tempo chegamos a empreender uma espécie de atividade missionária. Você certamente se lembra dos muitos domingos em que percorremos a cidade com uma sacola cheia de pedacinhos de papel, e distribuíamos esses bilhetinhos como se fossem panfletos. Na véspera, pegávamos uma velha máquina de escrever e datilografávamos pequenas mensagens. AVISO IMPORTANTE A TODOS OS CIDADÃOS: AGORA O MUNDO ESTÁ AQUI!

Escrevíamos esse aviso alguns milhares de vezes, recortávamos cuidadosamente o papel, dobrávamos os bilhetes, depois íamos de bonde ao Teatro Nacional. Lá ficávamos perto da fonte, ou à entrada da estação de metrô Holmenkollen, e distribuíamos os nossos pequenos espetos mentais na tentativa de arrancar parte da cidade daquilo que então nos parecia um torpor espiritual. Era divertido. Em geral, endereçavam-nos um sorriso amável, mas também surpreendentemente muitos insultos irritados. Certas pessoas se sentem ofendidas quando alguém as lembra de que elas existem.

No começo dos anos 70, não era politicamente correto entregar-se a um inútil assombro com a existência. Muitos esquerdistas consideravam contrarrevolucionário sugerir que o Universo era um enigma. Não se tratava de entender o mundo, e sim de transformá-lo.

A ideia dos panfletinhos, nós a tiramos de uns volantes esotéricos idiotas, e acho que inicialmente pretendíamos fazer um oráculo alternativo e apresentá-lo numa festa da universidade. Lembra? Fora isso, sonhávamos organizar uma passeata alternativa, por exemplo, a do Dois de Maio. Até formulamos umas palavras de ordem e, para tanto, dispúnhamos inclusive de modelos. Durante os protestos estudantis em Paris, os manifestantes pichavam nos muros palavras de ordem como "A morte é contrarrevolucionária" ou "A fantasia no poder". Nós imaginávamos uma grande passeata com palavras de ordem assim. Você era tão criativo, Steinn.

Íamos muito a galerias e concertos — não propriamente pela arte ou a música, mas para observar os bonecos vivos, como dizíamos, e resolvemos participar do "teatro mágico" quando lemos *O lobo da estepe* de Hermann Hesse. Ou então nos instalávamos num café para examinar detidamente alguns espécimes. Cada um deles era um pequeno universo. Não os chamávamos de "almas" também? Tenho certeza disso. Enfim, não observávamos bonecos *mecânicos*. E sim *vivos*. Era o que dizíamos. Lembra que ficávamos num café de esquina, imaginando as mais complicadas histórias para cada um deles? Às vezes levávamos aqueles "espíritos" para casa e continuávamos a compô-los no dia seguinte. Nós lhes dávamos nomes e inventávamos biografias inteiras para eles. E assim construímos todo um panteão de pontos de referência fictícios. Um importante elemento da nossa religião era essa veneração quase desenfreada do ser humano.

Então afixamos o cartaz de Magritte na parede do nosso quarto, creio que o compramos no Henie Onstad Kunstsenter, em Høvikodden...

E, falando no nosso quarto, quantas vezes fomos para a cama em pleno dia, de preferência com uma garrafa de "champanhe" e dois copos ordinários no criado-mudo. Passávamos horas lendo em voz alta, líamos Stein Mehren e Olaf Bull, a esse luxo nós nos dávamos inclusive quando a chamada "*Zentrallyrik*" estava no limbo. Mas também líamos Jan Erik Vold, absolutamente tudo dele. Sem esquecer *Raskólnikov* e *A montanha mágica*. E muitos outros romances entraram naquele projeto cama e champanhe. "Champanhe", para a gente, era Golden Power. Uma coisa adocicada e barata, mas seu efeito era ótimo, daí o nome.

Nós adorávamos ser de carne e osso. Adorávamos ser homem e mulher, não havia nada melhor. Mas era justamente a nossa felicidade física que, ao mesmo tempo, nos trazia a lembrança da nossa mortalidade. O outono começa na primavera, dizíamos. Tínhamos vinte e poucos anos, mas admitíamos que já estávamos envelhecendo lentamente.

A vida era um milagre, e nós fazíamos questão de sempre festejar tudo, fosse o que fosse. Podia ser uma espontânea caminhada no bosque numa noite de verão ou um não menos espontâneo passeio de automóvel. Vamos a Schonen, você dizia. Cinco minutos depois, entrávamos no carro e partíamos. Nunca tínhamos estado lá e não sabíamos onde ficar.

Lembra quando fomos a Flickorna Lundgren på Skäret? Estávamos sem dormir e não parávamos de rir. Por fim, dormimos na grama. Acabamos sendo acordados por uma vaca, e, se não fosse ela, as formigas nos teriam expulsado segundos depois. Começamos a pular feito loucos, tentando nos livrar daqueles bichinhos, mas eles estavam na nossa roupa, debaixo dela. Você ficou tão fulo da vida que começou a chamá-las de formigas *suecas*. Tomou aquilo como uma ofensa pessoal.

Outra aventura foi esquiar no Jøstedalsbreen. Isso num dia de maio, há mais de trinta anos. Vamos esquiar no Jøstedalsbreen, você disse numa tarde, e não me restou senão acatar aquilo como uma ordem, pois tínhamos uma espécie de pacto segundo o qual quando um tinha uma ideia o outro era obrigado a aderir. Arrumamos as coisas em poucos minutos e partimos. Podíamos dormir em qualquer lugar nas montanhas ou em Lærdal ou mesmo no carro. Éramos obstinados e livres. Quando chegamos ao fiorde, resolvemos subir o glaciar imediatamente, com os esquis no ombro. Tínhamos ouvido falar numa cabana de pedra em que era possível pernoitar se ficasse tarde para alcançar a excursão de esqui. Nenhum dos dois participara de uma escalada de geleira, de modo que aquilo foi absolutamente temerário. Mas esse passeio não deu em nada. Pela primeira vez, algo saiu errado, você sabe a que me refiro, e nós passamos uma semana inteira no hotel e depois voltamos, murchos, para casa. Saiu caro, não davam desconto para estudantes. Mas tínhamos coisa mais importante com que nos preocupar do que a nossa triste situação financeira, além do mais, lá estava o talão de cheques.

Escrevo isso também para sublinhar que continuo com o mesmíssimo encantamento perante a vida. "Mas será que você ainda é capaz de se alegrar com cada segundo que vive aqui e agora?", você pergunta, e a resposta é: sim.

No entanto, muita coisa mudou, pois algo se acrescentou, aliás, toda uma dimensão. Você pergunta: Será que ainda sente uma tristeza infinita pelo fato de a existência ser tão breve, tão breve?... Ainda fica com lágrimas nos olhos quando pensa em coisas como "a velhice" e "o fim da vida"? A essas perguntas eu hoje posso responder com um liberto não. Não choro mais. No referente ao que me aguarda, vivo em estado de... serenidade.

Minha existência física continua dando-me muita alegria, ainda que não em grau tão alto como antes. Mas agora eu vivo com o corpo como uma concha e também como algo exterior e acessório. Ele não é uma coisa com a qual eu ainda tenha de me arrastar tanto tempo. Hoje estou convencida de que aquilo que chamo de *eu* sobreviverá à minha morte física. Já não vivencio o meu corpo como a *mim*. Ele já não é "eu" nem "meu" como os vestidos velhos no guarda-roupa. Tampouco vou levá-los comigo. Nem a máquina de lavar. Nem o carro, nem o cartão de crédito.

Sobre isso posso continuar falando com prazer e mais do que com prazer. Atualmente, leio muito a Bíblia. Não leio unicamente parapsicologia. Para mim, uma coisa não exclui a outra, será que a você convém excluir as duas?

Pois bem, agora eu lhe pergunto antes de tudo: no que você acredita hoje em dia? Eu já conheço a sua origem, mas acaso surgiu alguma coisa nova para você?

Agradeço o seu último e-mail. Nele você se mostrou um pouco menos petulante que nos outros. Agora estende a mão. Mas essa mão está vazia, Steinn. Eu tinha tanta vontade de nela depositar uma coisa maravilhosa. Queria tanto um dia tentar lhe mostrar uma prova vivíssima de que a morte não existe. Espere só! Ainda hei de fazer isso. Por ora, agradeço ao menos a sua disposição a abrir esse canal mais de trinta anos depois de tudo ter se fechado para nós.

Magoou-me saber que no fim eu lhe dava medo. Isso você nunca me contou. Pensei que simplesmente se havia fechado porque eu o entediava com as minhas novas ideias.

Em todo caso, nós temos a mútua obrigação de preservar o que éramos e o que juntos tivemos antes que *aquilo* acontecesse e antes que eu, em sua opinião, perdesse o uso da razão. Nunca perdi o uso da razão, mas o que aconteceu foi realmente extraordinário. Mudei abruptamente de visão de mundo. Essa ruptura foi particularmente dramática porque a comunidade que abandonei tinha apenas dois membros.

Mas você se lembra de tudo o mais, não? Lembra-se das nossas aventuras. Creio que se recorda daquilo que quer recordar.

Claro que me lembro, e sempre pensei nos cinco anos que vivemos juntos como o marco essencial da minha vida.

Nós decidimos ir a Trondheim. E fomos. Decidimos velejar no lago Mjøsa. E velejamos. Estávamos na Casa do Artista e tivemos a ideia de ir a Estocolmo de bicicleta. Pois voltamos para casa e dormimos algumas horas. E fomos a Estocolmo de bicicleta.

Mas a nossa ideia mais maluca foi aquele episódio no Hardangervidda. Pusemos na cabeça que íamos passar algumas semanas vivendo como trogloditas. Fomos de trem para as montanhas e encontramos a nossa morada numa reentrância parecida com uma caverna sob uma saliência de rocha numa encosta alguns quilômetros a sudoeste de Haugastøl. Levávamos agasalho e cobertores de lã. Tínhamos dois pacotões de comida para não passar fome nas primeiras horas, enquanto acampávamos, e, por via das dúvidas, um estoque de pão sueco e bolachas como provisão de emergência. Contávamos com uma panela, um rolo de linha de pesca, uma faca de caça, duas caixas de fósforos. E nada mais. Quer dizer, e esse foi o único anacronismo verdadeiro: você não deixou de levar a pílula. A cartela de pílulas também servia de folhinha, pois não tínhamos outro calendário. No primeiro dia, vivemos principalmente de frutinhas — empetro, amora-branca-silvestre e mirtilo — e nos aquecíamos com chá de zimbro. No dia seguinte, achamos alguns ossos de pássaros que podiam servir de material de pesca, desenterramos minhocas e, desde então, passamos a comer trutas assadas na pedra. Também tínhamos esperança de caçar uma lebre ou um tetraz, mas as lebres eram muito velozes e os tetrazes sempre voavam no momento em que os íamos capturar. Nossa fome de carne não parava de aumentar, e, quando descobrimos um bando de renas, removemos algumas pedras, cavamos um buraco e o camuflamos com bétulaanã, líquen e musgo. Não voltamos a ver as renas, mas um cordeiro acabou caindo na armadilha, e o coitado foi abatido e esfolado sem a menor consideração, e dele nós nos alimentamos durante alguns dias. Com os ossos fizemos anzóis e utensílios de cozinha, e eu poli um fragmento para fabricar um adorno, prendi-o à haste dura de uma planta e o pendurei no seu pescoço. Além disso, agora tínhamos uma pele de cordeiro. Era bom, pois os dias estavam ficando cada vez mais curtos e, um belo dia, o solo amanheceu coberto de geada. Só então levantamos acampamento, os dois triunfantes. Na sua cartela restavam só quatro pílulas, de modo que tínhamos vivido dezessete dias como homens das cavernas. E ficamos bem escondidos, pois nessa temporada não encontramos vivalma. Provamos que éramos capazes de sobreviver como trogloditas. Mas também foi maravilhoso voltar para casa, para o chuveiro, a cama de casal e a garrafa de Golden Power. Passamos um dia e meio debaixo das cobertas. Estávamos tensos. À mercê do jet lag. *Era como se tivéssemos viajado milhares e milhares de anos.*

Que estranho voltar a pensar nisso, e é bem possível que o âmbito da minha vida seja tão exíguo quanto esses dezessete dias que passamos isolados do resto do mundo e juntos ficamos lá no alto, sob o céu, só nós dois. Mas o que você pensa atualmente? Em que *acredita*?

Talvez essa pergunta seja um tanto vaga. Pois vamos brincar um pouco. Você está professoralmente reclinado na poltrona de um gabinete da universidade, morrendo de tédio, e eu sou uma estudante que subitamente bate à sua porta, você me deixa entrar, aliás, fica contente com a visita, e eu digo: Nós prestamos muita atenção ao que o senhor nos ensina, professor. É tudo sumamente fascinante, mas no que o senhor *acredita* quando se trata das coisas que não sabe? Você fica lisonjeado com essa pergunta tão direta e pessoal da sua aluna absolutamente predileta e enche o peito para ministrar uma minipalestra. Vamos, Steinn! Eu estou esperando a minipalestra. (Mas, por favor, que seja mini mesmo. Parece que hoje vamos ter churrasco outra vez, e logo preciso ajudar a preparar a salada.)

Você é terrível mesmo! Como resistir a essa tentação?

Não é para resistir.

Então acho melhor começar no ponto em que parei, pois creio que somos descendentes dos trogloditas, sabe? Mesmo porque nin-

guém tomava pílula na Idade da Pedra. Tal como eles, nós pertencemos à espécie Homo sapiens, *descendente direta do* Homo erectus, *o qual, por sua vez, provém do* Homo habilis *e, mais remotamente, do* Australopithecus africanus.

Nós somos primatas, Solrun. Lembra? Recuando alguns milhões de anos, temos a mesmíssima origem que os chimpanzés e os gorilas. Mas isso você está cansada de saber, a gente conversava muito a respeito, fazia parte do pontapé inicial do nosso intenso apego à vida, da nossa sensação de ser natureza. Na rodada seguinte, somos mamíferos, como as lebres e as renas do Hardangervidda, e esse tipo de vertebrado desenvolveu-se, há 200 milhões de anos, a partir de uns répteis mamaliformes chamados terapsídeos.

Mas por que olhar para trás? É como nadar contra a correnteza. Não vale mais a pena ir logo para o ponto extremo e empreender a perigosa viagem desde o começo? Eu me contento com um apanhado bem grosseiro.

Este Universo tremendamente enigmático tem, segundo os cálculos mais recentes, cerca de 13,7 bilhões de anos. À época aconteceu uma coisa a que damos o nome de bigue-bangue ou explosão cósmica. Como? Por quê? Não me pergunte. E é bom não perguntar a ninguém, pois ninguém sabe. O fato é que, numa fração de segundo, essa enorme descarga de energia se materializou e se aglomerou em prótons e nêutrons, em elétrons e também em outros que tais chamados léptons. Depois, à medida que o Universo foi esfriando, surgiram primeiramente os átomos leves e, com o tempo, as estrelas e os planetas, as galáxias e os cúmulos de galáxias. O nosso sistema solar e o nosso planeta datam de aproximadamente 4,6 bilhões de anos, de modo que sua idade corresponde a um terço da do Universo, e nós já temos certa visão geral da história e do desenvolvimento da Terra.

A primeira e mais primitiva forma de vida surgiu há 3 ou 4 bilhões de anos, ou constituída aqui mesmo — on location *se preferir —, ou a partir de "tijolos vitais", os quais designamos como material probiótico, trazidos pelo impacto de cometas ou asteroides. Como estamos tão recuados no tempo, é claro que o planeta ainda não tinha uma atmosfera rica em oxigênio nem a protetora camada de ozônio. Ambas foram importantíssimas para a formação das macromoléculas da vida, e aqui topamos com um paradoxo interessante: para que surgisse vida, foi necessário faltarem as condições indispen-*

sáveis à vida (como a atmosfera com oxigênio e a camada protetora de ozônio). Por isso, presume-se que as primeiras células vivas se desenvolveram no mar, talvez em grandes profundidades. O oxigênio e a camada de ozônio são consequência da fotossíntese — isto é, da própria vida — e também a condição sine qua non *para que aqui pudessem viver organismos superiores. Mas não para que surgisse vida nova. É de se supor que toda a vida neste planeta tenha a mesma idade.*

Nos primórdios da Terra, foi no período chamado Pré-cambriano, *quando apareceram os organismos fotossintéticos, que se criaram as condições necessárias aos organismos superiores como os vegetais e os animais. Na era* cambriana *(543 a 510 milhões de anos atrás), surgiram os primeiros moluscos e animais articulados; e, na* ordoviciana *(de 510 a 440 milhões de anos atrás), os primeiros vertebrados. O esqueleto interno propiciou novas possibilidades à vida, e foram os representantes de uma pequena ramificação dessa série de animais que, meio bilhão de anos depois, entraram no espaço sideral e começaram a pesquisar a nossa origem cósmica.*

No Siluriano *(de 440 a 409 milhões de anos atrás) surgiram os primeiros vegetais terrestres, assim como os primeiros animais terrestres — os mais velozes foram os escorpiões na relva. Eles também eram representantes dos artrópodes, mais exatamente, da classe dos aracnídeos, os primeiros a se deslocarem em solo seco. Mas, já no final do* Devoniano *(409 a 354 milhões de anos atrás), os anfíbios se arrastaram para a terra, mais exatamente, os basiliscos oriundos dos chamados celacantos, e no* Carbonífero *(de 354 a 290 milhões de anos atrás), os animais terrestres se desenvolveram com muita rapidez; apareceu uma família altamente ramificada, primeiro de anfíbios e depois, pouco a pouco, de répteis, desenvolvimento esse que prosseguiu no* Permiano *(de 290 a 245 milhões de anos atrás). O mais típico dessa fase foi a adaptação de uma série de répteis ao clima seco, assim como o surgimento dos primeiros* terapsídeos, *a ordem dos répteis da qual descendem todos os mamíferos.*

No Triássico *(de 245 a 206 milhões de anos atrás), apareceram os primeiros mamíferos e os primeiros dinossauros. Estes dominaram a vida em terra firme a partir do fim do Triássico e durante todo o* Jurássico *(206 a 144 milhões de anos atrás), até que uma catástrofe global, supostamente a queda de um meteorito em Iucatã, no Gol-*

fo do México, aniquilasse os últimos dinossauros no fim do Cretáceo *(de 144 a 65 milhões de anos atrás). Mas isso não nos livrou totalmente dos dinossauros. Ao que tudo indica, os tetrazes, que nós tanto tentamos capturar no Hardangervidda, são descendentes diretos de determinada família de dinossauros, origem essa que eles compartilham com todas as aves. Hoje em dia, os paleontologistas gostam de dizer que as aves* são *dinossauros.*

Mas você, eu e todos os outros primatas descendemos de um insetívoro parecido com o musaranho que se lançou à aventura há 65 milhões de anos, quando a tirania dos dinossauros carnívoros chegou ao fim. Lembra que nós brincávamos com isso dizendo que éramos musaranhos?

Durante todo o Terciário *(de 56 a 1,8 milhões de anos atrás), a ordem de mamíferos a que pertencemos, a dos primatas, passou por um desenvolvimento acelerado, sendo que o nosso tetravô, o* Australopithecus *ou o "hominídeo", surgiu no limiar do* Quaternário *(1,8 milhão de anos atrás), o nosso período geológico.*

Nisso eu acredito! Acredito nos conhecimentos da cosmologia e da astrofísica, e acredito no que a biologia e a paleontologia nos informam sobre o desenvolvimento da vida na Terra. Acredito piamente na visão de mundo das ciências naturais. Ela é continuamente atualizada, a pesquisa dá dois passos à frente e um para o lado, ou um à frente e dois para o lado. Mas acredito nas leis da natureza, e isso significa, basicamente, nas leis da física e da matemática.

Acredito naquilo que é. *Acredito nos fatos. Nós não conhecemos todos os fenômenos e não penetramos todos os mistérios. O nosso entendimento é cheio de lacunas. Mas sabemos e compreendemos muito mais do que os nossos antepassados.*

Você não acha impressionante a quantidade de conhecimento adquirido nos últimos cem anos? Podemos marcar o início dessa perspectiva centenária com a especial teoria da relatividade de Einstein, de 1905. Por trás da equação $E = mc^2$*, oculta-se um conhecimento quase inconcebivelmente profundo da natureza do Universo. A energia pode se transformar em massa; e a massa, em energia. Em 1920, Hubble descobriu o desvio para o vermelho e constatou que as galáxias se afastam umas das outras com velocidade proporcional à distância entre elas. Essa foi, sem dúvida, uma das maiores descober-*

tas do século XX, pois trouxe consigo o conhecimento de que o Universo está em expansão e de que a sua origem é justamente o bigue-bangue. De lá para cá, essa teoria foi confirmada em muitos aspectos, inclusive com a comprovação da radiação cósmica de fundo, a qual revela que, 13,7 bilhões de anos depois da gigantesca explosão, o Universo continua quente. Em 1990, o grande telescópio espacial — batizado com o nome de Hubble — foi colocado na órbita da Terra e, após os necessários reparos e correções, ele vem nos fornecendo imagens extremamente expressivas do Universo, imagens de muitos bilhões de anos-luz no espaço sideral e, portanto, de muitos anos-luz de história do Universo. Pois olhar para o cosmo é a mesma coisa que recuar no tempo. Hoje em dia, pouca coisa nos impede de enxergar a origem do Universo, posto que por enquanto não possamos ver mais que 300 mil anos após o bigue-bangue. À parte isso, em todo esse século, a bioquímica e a nossa compreensão da vida tiveram um desenvolvimento fenomenal. Um dos pontos culminantes foi a descrição de Crick e Watson do genótipo — refiro-me à molécula espiralada de DNA —, em 1953. Outro foi o sequenciamento do genoma humano, ou seja, de cerca de 3 bilhões de pares de bases que constituem o genótipo humano. Esse mapeamento se completou no fim do século. O marco seguinte do nosso conhecimento do Universo e da matéria será a maior experiência física de todos os tempos realizada pelo CERN em 2008, quando se empregará um novíssimo acelerador de partículas para investigar quais partículas elementares constituíam o Universo 0,000000000001 segundo depois do bigue-bangue. No dia em que conseguirmos retroceder até uma fração microscópica de segundo na história do Universo, talvez já não tenhamos motivo para lamentar a insuficiência do conhecimento do homem.

Antigamente diziam que discutir as grandes questões ligadas à origem do mundo ou à essência da vida era tão inútil quanto discutir o lado oculto da Lua, pois ela fica sempre com a mesma face voltada para nós. Atualmente, porém, essa afirmação é ingênua e insustentável, já que — após as viagens espaciais — qualquer livraria oferece descrições minuciosas do lado oculto da Lua.

Puxa, eu estou impressionada. Não. Estou sendo irônica.

Você parece um garotinho que não sabe a resposta à pergunta que lhe fizeram e então se põe a falar pelos cotovelos em coisa completamente diferente. Eu perguntei no que é que você acredita hoje com relação ao milagre do mundo, não a sua opinião sobre o que você ou o resto da humanidade sabe.

Acha que a linda estudante foi até o seu gabinete para lhe perguntar uma coisa *dessas*? Ela não tinha a menor intenção de usá-lo como enciclopédia.

Eu não preciso rejeitar as suas exposições astronômicas, paleontológicas ou históricas. Conte com o meu aplauso. Mas você faz um sermão enorme sobre o material. E não dá resposta nenhuma. Não tem nenhuma teoria sobre como ou por que tudo isso aconteceu. Restringe-se a refletir o mundo tal como ele se revela a todos nós.

Não diz uma palavra a respeito do que há de mais enigmático, ou seja, que fora tudo isso nós somos espíritos brilhantes. Cada um de nós é uma das almas do Universo. Antigamente nós não as vimos nos "bonecos"?

Tente se imaginar uma criança que pergunta à mãe: Quem sou eu? Ou: O que é o ser humano? Aí a mãe pega uma faca e começa retalhar o corpo do menino para responder à pergunta direitinho.

Mesmo assim, eu reli várias vezes uma passagem. Você escreve: "Este Universo tremendamente enigmático tem, segundo os cálculos mais recentes, cerca de 13,7 bilhões de anos. À época aconteceu uma coisa a que damos o nome de bigue-bangue ou explosão cósmica. Como? Por quê? Não me pergunte. E é bom não perguntar a ninguém, pois ninguém sabe...".

Antigamente nós nos posicionávamos quanto a essa questão instigante. Éramos de um agnosticismo extático em face do "terrivelmente misterioso". Vai ver que foi esse fervor que nos deu energia para passar dezessete dias bancando os trogloditas. Estávamos zonzos de admiração e precisávamos investigar absolutamente tudo. A resposta à questão do que era ser troglodita estava ao alcance das nossas mãos.

Mas hoje a distância entre nós talvez não seja tão grande assim. Pode ser que a diferença seja apenas eu chamar de momento da criação isso que você denomina "bigue-bangue", ou, como diz o terceiro versículo do primeiro livro de Moisés: Deus disse: "Haja luz!". E houve luz.

Para mim, isso que você reduz a uma "descarga de energia" é um ato de criação, e confesso que acho inconcebível alguém chegar a 0,000000001 segundo da mão criadora de Deus e não se dar conta, ainda que vagamente, da proximidade divina. Que falta de sensibilidade!

Mas eu lhe dou mais uma chance. No que você *acredita*? Refiro-me a coisas que nós não sabemos.

Você os apaga mesmo?

Apago o quê?

Os e-mails, antes de responder?

Claro...

Tenho a impressão de que você se lembra surpreendentemente bem do meu modo de me expressar. Como nessa "passagem" que acaba de citar. Chega a colocá-la entre aspas, e parece que é uma citação ipsis litteris.

Você é uma graça mesmo. Eu sempre tive uma memória prodigiosa. Aliás, tenho certas "faculdades"...

Tudo bem...

Acontece que Jonas e Niels Petter já acenderam a churrasqueira e eu preciso fazer a tal salada. Acabo de descobrir que o garotão já está um pouquinho mais alto que o pai. Enfim, vou ficar o resto da noite ocupada. Mas amanhã?

Nesse caso, tempo é o que não me falta. Aproveite a sua noite em família.

E espero que a visita ao seu sogro espiritualizado seja agradável.

3

Bom dia. Alguém aí?

Faz meia hora que você me escreveu. Mas agora estou na frente do monitor e on-line.

Isto aqui está uma delícia. Não sopra nenhuma brisa e faz um calorzinho gostoso. Vim me sentar ao sol com o laptop, à mesa do quintalzinho em que a minha avó repetia quando cuidava das flores: Ah, esse Steinn, ah.

Pois é nisso que dá ter nascido na Noruega Ocidental. A gente não abre mão de nenhum domingo de calor. Para homenagear o sol e o ambiente, pus um vestido amarelo com apliques de cerejas grandes, e à minha frente, ao lado do laptop, há uma tigelinha de cerejas que comprei numa mercearia perto do porto.

E você?

Já devo ter contado que a gente mora em Nordberg, quer dizer, não muito longe de onde você e eu vivíamos naquele tempo, e lembro que nós dois passamos algumas vezes pela casa em que moro hoje, fica bem no alto do Konglevei, mas você já deve ter esquecido o nome das ruas deste bairro em que não põe os pés há mais de trinta anos.

Estou no jardim de inverno, olhando para um jardim voltado para o sul. É quase como estar ao ar livre, pois há duas janelas abertas e, de vez em quando, entra uma abelha, mas torna a sair segundos depois. Berit queria encher isto aqui de plantas, mas consegui convencê-la de que nós temos plantas de sobra no jardim; em compensação, fui obrigado a aceitar que o jardim de inverno fique repleto de flores no semestre de inverno, pois nessa época não entram abelhas nem vespas pelas janelas. Estou falando de um compromisso conjugal típico. Saber negociar esse tipo de acordo é o requisito básico.

Berit voltou a trabalhar logo depois das férias. Não sei se contei que ela é oftalmologista do Hospital Ullevål. Ine e Norun estão viajando, como de costume, elas são mais extravagantes que o próprio verão, e agora estou sozinho em casa.

Eu me lembro perfeitamente do Konglevei e daquele tempo, quando a gente ia passear. Ia à estação de metrô Berg e, de quando em quando, descia até Blindern. Isso aconteceu mais de duas vezes, Steinn. Por outro lado, sempre que estou em Oslo, faço uma pequena excursão a Kringsjå. Não esqueça que morei cinco anos lá, e esses cinco anos foram importantes, eu me sentia em casa, e até hoje, às vezes vou passear à beira do Sognsvann. Afinal, aquela não é uma "restricted area", é?

De jeito nenhum. É bom saber que você esteve por aqui novamente.

Mas você nunca se encontrou comigo. À beira do Sognsvann, digo.

Não, está vendo?

O quê?

O acaso. Nem sempre acontece.

Talvez o Grande Reencontro tenha sido poupado para quando estivéssemos na antiga varanda à beira do fiorde...

Você é engraçada. Mas quando você passeia à beira do lago, vai em sentido horário ou anti-horário?

Sempre em sentido anti-horário, Steinn. Como a gente costumava fazer.

Então nós somos mesmo dois conservadores. Significa que eu podia estar apenas cinquenta ou cem metros atrás de você. Mas agora comecei a fazer jogging, *de modo que, da próxima vez, com certeza a alcanço.*

No momento, acho mais importante imaginá-lo aí no jardim de inverno de Nordberg, de cara para o computador. Tomei nota da abelha que acaba de entrar, e agradeço. Mas preciso de mais informações para esquecer completamente que, na verdade, estamos separados por duas viagens de balsa e seiscentos quilômetros de estrada. Não quer me dar mais detalhes?

Como não? Eu estou de camiseta branca, bermuda cáqui e descalço. À minha frente, na mesinha minúscula, na verdade um mero suporte, mal cabe um laptop tamanho A-4, mas no peitoril da janela há um café espresso *duplo e um copo de água mineral. Estou sentado num tamborete, o qual não tenho a menor ideia de como veio parar aqui em casa. Lá fora já está fazendo quase vinte e cinco graus, e, no jardim todo cercado de sebe, vejo uma árvore carregadinha de peras verdes, fora as duas ameixeiras com ameixas roxas quase maduras (não tenho certeza, mas acho que esse tipo de ameixa se chama Herman). Ao redor de um velho relógio de sol, viceja uma verdadeira floresta de lisimáquia; ela floresce quase todo o verão e, ao longo do caminho de pedrisco, explodem umbelas de astilbes brancos e vermelhos; embora desabrochem tarde, no outono eles se erguem como vistosos pilares em miniatura — será que isso dá para compensar as duas viagens de balsa e os seiscentos quilômetros de chão?*

Dá e sobra: agora eu posso vê-lo. Mas de bermuda! Antigamente você não vestiria uma coisa dessas. Geralmente usava calça de veludo cotelê marrom ou bege, às vezes bordô. Pelo jeito, alguma coisa mudou.

Agora pode começar a conversar comigo, Steinn. Sou toda ouvidos.

Começar a conversar?

Ora, você queria mais uma chance de me contar no que acredita quando se trata de coisas que você não pode explicar.

Isso mesmo. Aliás, uma vez você me fez mais ou menos a mesma pergunta, mas não lembro bem a resposta que dei. Mas, na quarta-feira, quando vocês saíram da aldeia do livro, ainda fiquei um bom tempo no jardim e tornei a me perguntar por que acabamos nos separando afinal. Teve a ver com essas questões de fé. Como você evocou a "mulher amora", tentei recordar todas as conversas que tivemos sobre essas coisas antes que o silêncio nos envolvesse e tudo se paralisasse.

Quase tive medo de voltar a mexer nisso. Pois é verdade, sim, que passei a última noite fumando no quarto, totalmente entregue ao desespero. Não éramos mais capazes de conversar. Mal conseguíamos ficar no mesmo cômodo. Ao amanhecer, quando finalmente me deitei, sobrava só um cigarro no maço, disso eu me lembro perfeitamente, pois o acendi cerca de uma hora depois, quando me levantei. Fumei-o só até a metade, então o apaguei e fui para a sala, e lá estava você no canto do sofá, fumando.

Steinn, foi a única coisa que você disse, mas havia um não sei quê no seu olhar, e eu acenei a cabeça.

Sabia que você ia partir naquele dia. E você sabia que eu sabia. Não tentei retê-la.

E agora, mais de trinta anos depois, você vem me perguntar no que eu acredito? Pode ser que a decepcione, mas nem sei dizer se "acredito" em alguma coisa. É mais fácil dizer no que eu não acredito.

Agora você resolveu complicar mesmo. Mas, tudo bem: no que é que não acredita?

Isso eu acho que dá pra dizer com uma palavra. Não acredito em nenhuma forma de revelação. *À parte isso, existe muita coisa capaz de nos causar admiração e muita coisa que ignoramos. Praticamente, não há limite para aquilo em que se pode acreditar e de que se pode duvidar.*

É mesmo?

Nós usamos a palavra "acreditar" nos mais diversos contextos. Podemos acreditar que o Manchester United ou o Liverpool vai ganhar ou acreditar que amanhã vai fazer tempo bom. Com isso queremos dizer que achamos uma coisa mais provável que a outra. Talvez seja mesmo muito provável que o Manchester ganhe o jogo no domingo e talvez haja uma infinidade de motivos para presumir que amanhã vai fazer tempo bom. Mas não é isso que estamos discutindo.

Há ainda outra categoria de questões de fé ou crença que agora podemos deixar de lado, entre elas, penso particularmente numa pergunta que você, aliás, já mencionou: se isso que chamamos de bigue-bangue simplesmente aconteceu por si ou resultou de um ato de criação divina. É uma pergunta para a qual ninguém tem uma resposta definitiva, e eu respeito muito a concepção segundo a qual o bigue-bangue foi um milagre divino, ainda que a palavra ou o con-

ceito "Deus" esteja demasiado carregado de representações humanas para que eu o possa empregar. Em minha opinião, nessa categoria também se encaixa outra questão de que você se ocupa, ou seja, se em nós há uma "alma" ou "espírito" que sobrevive à morte. Eu, particularmente, não acho provável que alguma coisa em mim venha a sobreviver ao que sou hoje, mas não pense que é porque eu ache essa concepção incompatível com as ciências naturais, embora talvez possamos situá-la numa região limítrofe. Mas não tenho a intenção de me apoiar na ciência para descartar a crença numa existência depois desta — e muito menos tentar tirá-la de você.

Muito gentil da sua parte. Mas?

Mas não acredito na existência de poderes "sobrenaturais" que interfiram na vida dos homens e se nos "revelem". Isso eu podia ter dito muito mais claramente naquela época, pois não reagi à sua repentina convicção numa vida depois desta, e sim ao fato de você, com base nessa convicção, tomar a "mulher amora" por uma revelação do além. E, como você já mencionou, nós a vivenciamos juntos. Embora eu a tenha ligado imediatamente ao que nos havia acontecido à beira do lago de montanha, não acreditei que ela, tendo morrido lá, agora voltasse "do outro mundo" para nos contatar.

Entendo. Mas continue, Steinn. Primeiro quero tentar compreendê-lo inteiramente, depois, quando chegar a minha vez, vou fazer o possível para que você também me compreenda. Vamos, fale comigo, eu aguento.

Então vamos lá: não acredito que, na história da humanidade, um deus, anjo, espírito ou ancestral, ser subterrâneo, demônio ou o que for, se tenha revelado ou manifestado uma única vez a um homem ou a um povo, e isso simplesmente porque tais seres não existem.

* * *

Nesse meio-tempo, eu já comi cinco cerejas. Vou pondo os caroços na mesa à minha frente para ter uma visão geral.

Dizem os boatos aqui que vão fechar a Mercearia Eide, administrada pela mesma família desde 1883. Há comércio em Nåra e em Ytrøygrend, e a população da ilha não passa de duzentos habitantes permanentes. Mas acho triste perder a mercearia aqui no nosso promontório. É claro que se pode ir fazer compras em Nåra de carro ou bicicleta, mas, se um pequeno assentamento como Kolgrov perder a mercearia, toda a comunidade acaba se desintegrando, sobretudo no inverno, quando não vêm turistas para cá.

Será que você se lembra das nossas muitas excursões de bicicleta no verão? Sei que se lembra. Toda noite íamos ver o mar e o pôr do sol em Søndre Hjønnevåg e, na volta, fazíamos questão de tomar banho em todos os lagos.

Mas continue, Steinn. Eu não sou tão hipersensível como você parece imaginar. Você diz que não acredita em poderes sobrenaturais...

Você é que faz as perguntas, e eis a minha luneta de Galileu. Procure não perder de vista que toda e qualquer noção de fenômeno "sobrenatural" não passa de uma ideia humana que, fora do homem, não tem o menor fundamento. Em compensação, nele tais ideias encontram um solo extremamente fértil. Creio que aí entram três fatores decisivos: a exagerada imaginação do homem, a nossa compulsão intrínseca a procurar causas ocultas mesmo onde elas não existem e, enfim, a nossa aspiração congênita a uma nova existência depois desta, isto é, a uma vida após a morte.

Esse coquetel de natureza humana revelou-se extraordinariamente produtivo. Em absolutamente todos os tempos — e em todas as sociedades e culturas —, os homens desenvolveram a ideia de seres sobrenaturais como os espíritos da natureza, os ancestrais, as divindades, os monstros do caos, os anjos e os demônios.

Minha Nossa, como você é seguro. Estou impressionada.

* * *

Mas antes veja a nossa riquíssima fantasia. Todos os seres humanos sonham, portanto ninguém está totalmente isento de alucinações, sendo que, em casos isolados, elas também acontecem em estado de vigília. Nós acreditamos ver ou sentir fenômenos sem que tal percepção se alicerce na realidade. Quem nunca se perguntou se esta ou aquela recordação é de uma vivência real ou de algo apenas relatado, pensado, sonhado ou imaginado?

Eu às vezes topo com gente que afirma ter visto "duendes". Ocorre que a nossa cabeça está permanentemente saturada de estímulos sensoriais, de modo que não chega a ser um assombro ela de vez em quando entrar em parafuso, ou seja, sofrer essas pequenas perturbações que chamamos de alucinação ou produto da fantasia.

Nesses surtos perfeitamente normais de afastamento sensorial daquilo a que se dá o nome de "artigos de fé", a aberração ocorre quando atribuímos à nossa ilusão ou à ilusão alheia o status de seres objetivamente existentes e independentes da nossa consciência ou da consciência alheia. Estou me referindo a tudo, desde os espíritos da natureza até a furiosa multidão de personagens místicos que encontramos nas antigas religiões nativas, até as ideias sublimadas ou intelectualizadas que nos são servidas pelas grandes religiões mundiais, por exemplo, a ideia de um Deus todo-poderoso que se manifesta aos homens na Terra, quer dizer, aqui neste planetinha da Via Láctea.

Mas ainda é preciso acrescentar um matiz importante. Todas as religiões têm um punhado de ideais éticos e, além disso, uma arca do tesouro repleta de experiências humanas de grande valor. E, como eu já disse, não é a religiosidade dos homens que me interessa criticar. Para mim, o limite fica ali onde me deparo com pessoas que, ao vivo ou por escrito, pretendem que o Todo-Poderoso lhes falou ou a elas se manifestou com uma mensagem específica, a qual todos os outros homens devem acatar. Milhões de pessoas circulam por este planeta e acreditam que Deus fala com elas — e lhes dá instruções — pessoalmente. À parte isso, milhões e milhões estão convencidos de que um Deus todo-poderoso é responsável por tudo que acontece na Terra, seja um tsunami, *seja uma guerra atômica, seja uma picada de pernilongo.*

Ou que a bateria do laptop, aqui fora à beira-mar, já está ameaçando entregar a alma. Vou tentar resolver o problema. Mas continue escrevendo. Por ora, não tenho carga para entrar numa longa discussão com você, e, com o tempo que está fazendo, dentro de casa eu não fico.

Posso continuar?

Pode, Steinn. E depois é a minha vez, espero que você esteja psicologicamente preparado. Talvez agora me caiba cutucar um pouco aquilo que nos aconteceu. Não sei se você se lembra de tudo. Mas vá em frente.

Não posso dizer que gosto dessa sua ideia de cutucar o passado, mas, contanto que a gente apague tudo, aceito as suas condições. Bom, vou continuar.

Até aqui, nós só levamos em conta a chamada resposta religiosa. Mas a natureza humana não muda, e você sabe que eu nunca acreditei no cardápio da parapsicologia via fenômenos "paranormais" ou "sobrenaturais". E não me refiro aos salões vitorianos com suas sessões espíritas nem às inúmeras variedades de invocação. Mesmo porque essa forma de duplicação da realidade ficou fora de moda. Refiro-me é à ideia vivíssima de telepatia e clarividência, de psicocinese e zumbis. E, como se isso não bastasse, nos últimos anos voltaram a florescer noções arcaicas de anjos e "protetores". Mas elas também se fundamentam numa forma de fé na revelação ligada à ideia de que é possível entrar em contato com certas potências transcendentais ou sobrenaturais. Não faz muito tempo, causou sensação o fato de nada menos que 38% da população norueguesa afirmar que achava possível a comunicação entre seres humanos e anjos.

Incluo na lista de pseudofenômenos todas as formas de adivinhação ou profecia, pois elas também se apoiam no pressuposto de um destino predeterminado que, com o auxílio de certas técnicas, pode ser revelado ou descoberto, de preferência por intermédio de adivinhas muito bem remuneradas; estamos falando de toda uma indústria que, em termos de faturamento, talvez se compare à indústria do sexo. A pornografia e o ocultismo são igualmente vendáveis, embora aquela comercie uma coisa radicalmente natural; e este, uma coisa "sobrenatural".

Em minha opinião, o único mérito da chamada parapsicologia é traçar o mapa de uma paisagem inexistente, ou seja, de uma paisagem inventada ou imaginada. Isso não significa que toda a literatura parapsicológica seja um lixo. Como descrição das ideias que surgem no âmago do povo, essa literatura pode até ser interessante, digamos, no âmbito da história da religião, da etnologia e de outros estudos culturais. Nós não consideramos inúteis as lendas populares e agradecemos a Snorri por ter coletado boa parte da antiga mitologia nórdica e germânica antes que ela fosse relegada ao esquecimento.

Ainda tenho outras coisas em mente, mas gostaria de ouvir comentários, por isso envio estas observações experimentais antes que a sua bateria vá para a cucuia.

***

Nenhuma resposta, a sua bateria já deve ter pifado. Entrementes, quer dizer, enquanto a sua resposta não chega, vou prosseguir com a minha modesta exposição.

Assim como rejeito a noção de fenômeno sobrenatural ou extrassensorial, manifesto o meu ceticismo em relação às ideias análogas existentes nas religiões estabelecidas. A meu ver, são dois lados da mesma moeda, e resta saber que utilidade há em traçar uma linha divisória de princípio entre as religiões reveladas, por um lado, e o trato mais solto e menos dogmático da noção de "fenômenos sobrenaturais" por outro. Diferentemente da copiosa flora de relatos de ocorrências "sobrenaturais" da parapsicologia, nas grandes religiões, narrações parecidas consolidaram-se como dogmas e continuam vivas no âmbito da crença ordenada e organizada na intervenção dos poderes divinos.

Como demarcar o limite entre "fé" e "superstição"? A fé de um é a superstição do outro — e vice-versa. A balança de madame Justiça tem dois pratos.

Não consigo enxergar a diferença entre a glossolalia e a fraternização espírita com as almas. O indivíduo que se põe a falar línguas por ele desconhecidas não é um "médium"? Tampouco vejo diferença entre as profecias religiosas e o sempre riquíssimo acervo da arte da adivinhação. Para mim, dá na mesma chamar o fenômeno de "milagre" ou psicocinese, de "ascensão" ou levitação, já que, em todos os casos, trata-se de cancelar as leis da natureza.

A ideia de que, em alguns casos raros, o "sobrenatural" pode se manifestar a nós é comum à superstição, à parapsicologia e às grandes religiões — em oposição àquilo que denominamos visão de mundo naturalística ou científica. Você usa a palavra "aparição", que, em última instância, não deixa de ser sinônimo de "revelação".

Uma circunstância essencial à pesquisa parapsicológica, à qual você se refere, foi justamente a tentativa de dar fundamento científico à crença numa vida depois desta, coisa que ganhou ímpeto quando o darwinismo e o livre-pensamento começaram a ameaçar as religiões tradicionais. Você menciona o casal Rhine, eu tratei de me informar um pouco. A verdadeira motivação deles e de outros pioneiros da parapsicologia experimental era o desejo de provar a imortalidade da alma. Se conseguissem dar provas incontestáveis de que a telepatia era um fenômeno autêntico, seria mais fácil defender a crença em que o homem tem uma alma imortal, ou seja, uma alma "livre" que é hóspede provisória do cérebro, sem a ele estar indissoluvelmente ligada. Mas até hoje ninguém conseguiu apresentar uma prova tão inatacável assim.

Vou enviar este e-mail. Será que ele chega?

Sim, senhor: eu achei um cabo velho na caixa de ferramentas e agora estou plugada na tomada da casa. Com esse fio comprido e vermelho, o laptop parece um satélite da rede elétrica da ilha. No momento, ele está física *mas não indissoluvelmente* ligado à casa e ao ambiente.

À parte isso, nós acabamos de receber *wi-fi* aqui na casa, que também funciona no quintalzinho. Mesmo sem nenhuma tomada nem fio, posso ficar aqui fora e me comunicar com o mundo inteiro.

Tente imaginar que os seres humanos não são os únicos capazes de montar redes sem fio...

Está se referindo à telepatia e, além disso, ao contato com o espírito dos mortos?

Eu me refiro a muita coisa. Mas prefiro que primeiro você se expresse para que eu tenha uma chance de compreendê-lo. Primeiro você apresenta as suas opiniões e eu cutuco e faço uma ou outra pergunta. Depois é a minha vez, com tudo que me diz respeito.

Perfeito. Desde que a gente não esqueça o último ponto, pois eu também quero tentar compreender você.

Fora isso, preciso lhe contar detalhadamente o que nós realmente vivemos na época, porque eu não posso separar essa vivência de tudo que hoje constitui a minha fé. É possível que você tenha esquecido algumas coisas, quer dizer, alguns pontos importantes, e, como já ficou estabelecido, eu tenho uma memória prodigiosa.

Será que convém retomar isso? Quer dizer, caso você pretenda realmente fazê-lo. Será que vale a pena? Não esqueça que, na época, a gente prometeu nunca mais mexer nessa coisa.

Vamos ver. Isto aqui é um processo.

Quando achei o fio comprido e o trouxe para o jardim, Ingrid revirou os olhos. Você está de férias, gritou. Ou seja, achou que eu estava cuidando das coisas do colégio ou me preparando para as aulas de francês do próximo ano letivo. Aliás, este ano também vou dar umas aulas de italiano. Nada disso seria particularmente surpreendente, falta menos de uma semana para o início das aulas. Mas, pouco antes, Niels Petter e Jonas chegaram da pescaria. Niels Petter olhou com ar quase preocupado para mim e para o cabo antes de se aproximar, acariciar-me o pescoço e comer umas cerejas. Renunciou ostensivamente a olhar para a tela, que, aliás, não é fácil de enxergar à ofuscante luz do sol. Acho que Niels Petter percebeu que estou trocando mensagens com alguém e suspeito que presume que esse alguém seja você. Eu, por minha vez, não me atrevo a contar o que ou para quem escrevo e acho que ele não tem coragem de perguntar.

Novidades aí em Nordberg? Temo perdê-lo de vista se não acontecer logo alguma coisa aí nesse jardim de inverno.

Passei o tempo todo escrevendo, esperando a resposta e lendo. Você costuma responder imediatamente quando envio uma mensagem. Se bem que, para ser sincero, fui até o armário de canto e me servi de um copinho de Calvados. O espresso *estava meio sem graça.*

Não volte ao armário de canto, Steinn. Mas continue. Você estava escrevendo sobre parapsicologia e o sobrenatural...

Isso mesmo.

O conhecido mágico norte-americano James Randi oferece um prêmio de 1 milhão de dólares a quem "conseguir demonstrar, em condições de observação satisfatórias, uma faculdade divinatória, sobrenatural ou paranormal". Essa iniciativa chamada The One Million Dollar Paranormal Challenge *data de 1964, quando Randi ofereceu 10 mil dólares do próprio bolso para o primeiro que demonstrasse algo sobrenatural. Pouco a pouco, outros aderiram a essa ação, e o prêmio não tardou a chegar a 1 milhão. Mas até hoje ninguém conseguiu passar pelo teste.*

É claro que você pode argumentar que quem tem faculdades sobrenaturais ou vidência não é necessariamente ávido por dinheiro. Mas, mesmo entre os milhares de ambiciosos charlatães de jornal e de programa de televisão de segunda categoria, quase não houve quem se candidatasse a embolsar o dinheiro fácil do One Million Dollar Paranormal Challenge. *E por que não? A resposta é óbvia: porque não existe gente dotada de faculdades "sobrenaturais" nem de "vidência".*

A maior parte dos que se inscreveram no One Million Dollar Paranormal Challenge *de Randi, e não foram poucos, não se constituía de profissionais do mercado do sobrenatural, esse grupo foge dele como o diabo da cruz, Randi ameaça exterminar toda uma indústria. (Coisa que jamais conseguirá, afinal de contas, o mundo quer muito ser engambelado.)*

Há alguns anos, no programa de entrevistas Larry King Live, *Sylvia Browne, uma estrela entre os "videntes" dos Estados Unidos, desafiou Randi a um duelo e, quando ele a exortou a comprovar as suas faculdades em situação controlada, Sylvia prometeu diante das câmeras submeter-se ao teste. Isso aconteceu há anos, mas ela não deu as caras até hoje. Não sei como entrar em contato com Randi, desculpou-se uma vez. Isso eu acho fantástico. É verdadeiramente fantástico uma pessoa se atribuir faculdades divinatórias e ser incapaz de achar um número na lista telefônica.*

As pessoas que se inscreveram no One Million Dollar Challenge *eram, na maioria, ingênuas, crédulas, ou tinham problemas mentais. Por isso, Randi começou a tomar medidas cada vez mais rigorosas para exercer a sua atividade sem expor os candidatos ao perigo ou a algum risco para a saúde. Por exemplo, se um sujeito se propuser a demonstrar a sua capacidade de saltar do décimo andar de um prédio sem se machucar, Randi não autoriza o teste.*

Mas acontece que o One Million Dollar Paranormal Challenge *é totalmente desnecessário, pois, se a pessoa for vidente e dotada de faculdades paranormais, não lhe hão de faltar possibilidades de enriquecer. Já fiz alusão à roleta, porém muitos outros jogos de azar oferecem grandes possibilidades de lucro para quem tem dons sobrenaturais. Mas nunca ouvi falar num jogador que tenha sido expulso de uma partida de pôquer por ser adivinho. Os jogadores de pôquer têm medo é dos trapaceiros. Faculdades sobrenaturais e trapaça. Estamos falando numa dupla antiquíssima, certamente tão antiga quanto a própria humanidade.*

E o milhão de dólares de James Randi continua intacto.

A provisoriamente última chance do "sobrenatural" foi, para muitos, a experiência de casualidades significativas ou de "coincidências não causais" a que C. G. Jung deu o nome de sincronicidade. *Já falamos nisso em relação ao nosso reencontro no braço de fiorde, e nós não somos os únicos que tiveram experiência parecida. O cidadão pensa numa pessoa, na qual havia anos que não pensava, então vira a esquina e dá de cara com ela. Muita gente vê nessas coincidências a prova definitiva de uma dimensão sobrenatural. E, obviamente, no instante em que esse encontro casual ocorre, não admira que a pessoa se sinta um pouco atordoada e desamparada.*

Mas, como já mencionamos nas nossas primeiras mensagens, isso que Jung batizou de "sincronicidade" não passa, em minha opinião, de puro acaso.

Você esbanja segurança. Mas talvez nem tudo que "é" e nem tudo que "acontece" possa ser testado por métodos científicos. Não acho tão esquisito assim a ciência deste mundo só conseguir comprovar o que é deste mundo.

Será que você não pode simplesmente deixar os outros acreditarem no que quiserem? Não existe uma coisa chamada *viva e deixe viver*?

Claro, todo mundo tem o direito de acreditar no que bem entender. Mas quando alguém resolve afirmar que potências superiores lhe revelaram verdades, aí, sim, nós temos motivo para revirar um pouco os olhos. Você certamente sabe com que frequência indivíduos isolados ou grandes grupos humanos tiram vantagem dos outros por ordem ou vocação divina. E há quem se limite a dizer que ouve "vozes" e procure tratamento psiquiátrico.

No transcurso da história, as alegações de "maravilhas" ou "milagres" foram usadas por pessoas ou populações inteiras para obter vantagens e privilégios, mas também para motivar a opressão e procedimentos desumanos. A gente sabe que a religião inspira atos piedosos, abnegados e filantrópicos. Mas a história e os jornais também mostram o quanto se pode abusar da ideia religiosa. As atrocidades praticadas em nome de divindades, de patriarcas e de ancestrais sempre participaram da história da humanidade.

Houve uma ocasião em que Jesus conteve um grupo de homens dispostos a apedrejar uma mulher flagrada em adultério. Mas ainda se apedreja, e no mundo há países em que o estuprador é absolvido e a mulher estuprada é condenada à morte por apedrejamento.

Recentemente, num país árabe, um homem foi executado por ter, presumivelmente, recorrido à magia para provocar a separação de um casal. E, no mesmo país, uma mulher foi condenada à decapitação por ter usado a magia para tornar um homem impotente. Sem dúvida, é uma grande sacanagem levar um homem à impotência. Mas, nesse contexto, nada mais sensato que combater a ideia de que "magia" e "feitiço" sejam fenômenos realmente existentes. A maldade existe, mas acho importante realçar que toda maldade cometida pelos homens é obra dos homens, não de demônios ou espíritos malignos.

Basta olhar à nossa volta para ver que a humanidade continua impregnada da crença em feitiçaria, em contato com antepassados ou falecidos e, à parte isso, de toda uma série de ideias ditas paranormais. Em parte da África, da Ásia e da América Latina, a ideia de bruxaria, magia negra e imposições dos ancestrais é tão generalizada, no que diz respeito ao estilo de vida do indivíduo, que chega a dominar a existência de milhões de seres humanos. Mas a superstição também floresce nos países industrializados. Grande parte da população da Europa e dos Estados Unidos admite acreditar em fantasmas, em possessão por espíritos malignos, na possibilidade de se comunicar com os mortos e, fora isso, em fenômenos "civilizados" de vidência, telepatia e precognição.

Eu disse que é possível abusar da ideia religiosa, mas a tortura e a violência também se enraízam em paradigmas religiosos. O furor contra determinados inimigos, contra os infiéis ou contra populações inteiras nunca se desencadeou sem modelos divinos. Para os fundamentalistas — e eles estão nos quatro cantos do mundo —, aquilo que dizem as antigas escrituras sagradas e reveladas é lei. Por isso temos necessidade de uma crítica contínua da religião. Na maioria dos países, ela já não é uma atividade que ponha a vida em perigo, mas ainda existem muitas exceções, coisa que torna a crítica ainda mais importante.

***

Você ainda está aí, Solrun?

Estou, Steinn. Só preciso engolir rapidamente antes de responder. Um momentinho, por favor.

Estou esperando.

Concordo com você no último ponto e aprovo os seus reproches ao dogmatismo e ao fundamentalismo. Embora muita coisa me alegre ou me cause admiração no Novo Testamento, não acredito que a Bíblia tenha sido ditada por Deus *ipsis litteris*. Para mim, o essencial é a crença na ressurreição de Cristo.

Há pouco, Niels Peter tornou a subir na escada de alumínio para dar a *terceira* mão na moldura da janela. Mas agora ele está colhendo framboesa. Parece que resolveu ficar zanzando no quintal só porque eu estou aqui. Chegou a perguntar o que estou escrevendo e eu disse a verdade: acabo de mandar um e-mail a Steinn.

Você ainda tem algo a dizer? Ou terminou a crítica da religião nesta rodada? Acho que já disse muito. É suficiente?

Só mais uma coisa.

* * *

Então desembuche, Steinn. Afinal, aqui não pode haver censura.

Grande parte da crença na revelação se alicerça na ideia de que a vida neste mundo não passa de uma escala na viagem a um destino celestial. Assim, a situação aqui e agora é menos importante do que seria se não houvesse essa existência maior e mais genuína.

Na qualidade de climatologista, sou obrigado a me lembrar constantemente de que talvez nós só contemos com este planeta. Mas muita gente tem certeza de que, a longo prazo, o bem-estar do planeta e a base local da nossa vida não têm a menor importância, dada a iminência do julgamento divino e da redenção dos crentes. Desse modo, pode-se facilmente encarar a existência terrena como uma espécie de estação intermediária, e há grupos de crentes que simplesmente torcem pelo colapso da biosfera, pois nele veem um sinal do fim dos tempos e do novo advento de Jesus. É o que prometem as Escrituras.

Você sabe que não me assusto com profecias do fim do mundo, coisa que certamente também se aplica a você. Mas isso que chamamos de profecias autorrealizáveis me enche de pavor. Pois talvez não exista nenhum céu novo e nenhuma terra nova. Talvez não haja nenhum "Juízo Final" com a redenção dos crentes. Talvez este planeta seja o único que temos, o nosso único lar e a nossa única pertença. Neste caso, não há nada mais importante que a nossa responsabilidade por ele e pela sua biodiversidade.

Sem dúvida, Steinn. Temos de preservar o planeta. Mas acho mesquinho da sua parte culpar os crentes pela destruição do meio ambiente. Suponho que muitos de nós, crentes, temos grande respeito pela natureza, assim como muitos que não acreditam em nada. Será que você não percebe que o consumismo desenfreado e leviano, em grande parte do mundo, é consequência do materialismo? E que isso é justamente o contrário da orientação espiritual, caso lhe interesse saber.

Atualmente, fazem de tudo para descobrir métodos de reduzir a emissão de gases de efeito estufa. A única coisa que ninguém se atreve a incluir nos cálculos são as muitas possibilidades que temos de diminuir o consumo exagerado, refiro-me ao mais truculento e desembestado coquetel de consumo e descarte que o mundo já viu. Nós vivemos numa época histórica que os nossos descendentes talvez um dia denominem *fascismo do consumo*, e estou convencida de que a ideologia consumista da nossa época pode ser interpretada, muito extensivamente, como sucedânea da religião.

Talvez você tenha razão, e é com prazer que dou o braço a torcer. De fato, não tenho nenhuma evidência para afirmar que aqueles que acreditam numa existência posterior se sintam menos responsáveis pelo planeta do que quem não participa dessa concepção. Mas é bom ficar alerta contra a ideia de que "o céu e a terra hão de passar" e de que, para os crentes, estão reservados um novo mundo e a salvação.

Logo, logo, vamos ter um pequeno arranca-rabo aqui em casa. Acho que os outros estão ficando incomodados com o tanto que eu me isolei hoje, e sou obrigada a reconhecer que esse isolamento chega a ser acintoso. Talvez o comprido fio entre a mesa do quintal e a casa tenha sido um exagero. É o nosso último dia aqui, e no entanto já faz seis horas que nós dois estamos juntos, seis horas que, para mim, só foram interrompidas por alguns passeios entre os canteiros de flores, com um enorme regador, mas bastou-me ouvir o sinal do laptop na mesa para largar o regador e voltar para o meu pequeno terminal. Niels Petter, quando passa, nem olha para a minha cara. Franze a testa com raiva.

Eu já enrolei o cabo e tornei a guardá-lo na caixa de ferramentas. A bateria está carregada, a tigela de cerejas, vazia.

E preciso me redimir. Anunciei que vou assumir a responsabilidade pelo bacalhau do jantar. De manhã, os rapazes trouxeram três bacalhaus grandes, eu nem me dignei a olhar para eles, quer dizer, para os peixes, mas acho que sou a única que sabe da existência de uma garrafa de vinho tinto da Borgonha. Vai ser o meu pequeno trunfo, ou talvez esse seja o preço do meu indulto. Aliás, escondi a garrafa numa gaveta da cômoda, debaixo de várias camadas de toalhas de mesa, coisa que fiz pensando justamente num bom prato de bacalhau na última noite.

Eles sempre vão pescar no último dia, e eu não gosto de levar peixe para a cidade, nem mesmo na nossa excelente sacola térmica. Quem é de Bergen não circula por aí, na Noruega Ocidental, com peixe fresco na sacola térmica. Preferimos ir ao mercado e comprar o bacalhau vivo.

Mas tive uma ideia. Você não podia, por ora, simplesmente arrematar a nossa troca de mensagens com algumas palavras sobre a inauguração da Exposição do Clima?

Agora vou colocar uma panela de água no fogo, descascar umas batatas aqui da região, fazer uma salada e pôr a mesa. Depois continuo lendo. Mas por hoje não escrevo mais.

O.k.?

Pois bem, você foi embora, e eu resolvi dar uma volta no grande relvado à beira do fiorde, depois fui para o quarto tomar banho e então desci à sala da lareira. Lá conversei com os outros hóspedes antes de ir a um minisseminário sobre o recuo dos glaciares, o clima e a pesquisa polar, realizado no Café Mikkel. Depois de um copo de vinho branco e de uma interessante introdução à história do hotel, da aldeia e do turismo nas geleiras, fomos jantar. Eu me senti um pouco incensado por ter um lugar à "mesa de honra".

Depois do jantar, tentei pedir uma dose de Calvados. Tinha passado o tempo todo pensando em você, ou em nós, e na nossa viagem à Normandia. Mas o Calvados "estava em falta". Foi como se eu tivesse sonhado, como se eles nunca houvessem tido um destilado de maçã. Será que a minha memória estava me traindo? Mas, se essa história do Calvados se devesse a uma sólida recordação falsa, como acreditar em tudo o mais que eu supunha lembrar daquela época? Protestei veementemente contra a oferta de uma dose de conhaque por conta da casa, creio que a moça sabia que, no dia seguinte, eu ia falar na hora do almoço, mas recusei e pedi um chope grande e uma dose de vodca. Por minha conta mesmo.

Havia tantas vozes animadas na sala da lareira que fui dormir cedo. Peguei no sono quase imediatamente. Não foi só por causa do chope e da vodca. Eu a tinha visto. Estivera no chalé. E havia passado uma vez mais pelo bosque de bétulas.

Na manhã seguinte, a algazarra das gaivotas me acordou e eu desci para o café da manhã quando acabavam de abrir as portas da sala de jantar. Nessa manhã, também saí à varanda com a xícara de café. Mas você já não estava lá. Sentei-me sozinho ao sol matinal e fiquei ouvindo o sussurro do vento da copa das faias. As gaivotas adejavam e grasnavam sobre a mercearia e o antigo atracadouro do vapor. Um vulto vestido de verde pescava no fiorde, num barco a remo.

Algo dentro de mim se sublevou contra aquela atmosfera matinal excessivamente idílica.

Horas depois, levaram-nos ao Museu da Geleira. Mostraram a possível altura do fiorde dentro de algumas décadas, se não controlarmos a mudança climática. Eu me perguntei se eles também haviam pensado nos muitos sedimentos que descerão continuamente dos glaciares, arrastando a terra do delta cada vez mais para dentro do fiorde. Hoje se planta batata onde há mil anos existia um porto viking.

Na Exposição do Clima propriamente, fomos levados em pequenos grupos primeiro a uma sala em que, em meio a um grande tumulto, tivemos oportunidade de assistir ao surgimento da Terra há 4,6 bilhões de anos. Na sala seguinte, ficamos sabendo como era a vida no planeta uns 40 milhões de anos atrás e, a seguir, como a última época glacial marcou a superfície da Terra. A coisa continuou numa salinha em que nos mostraram o funcionamento do efeito estufa e como seriam insuportáveis as condições do nosso planeta se não houvesse efeito estufa nenhum. Mas logo nos informaram do resultado perturbador do efeito estufa criado pelo homem sobre o antiquíssimo equilíbrio do carbono, e, na sala contígua, vimos como será a Terra nos anos 2040 e 2100, caso não se tomem medidas drásticas para reduzir as emissões de gases de efeito estufa. Não foi uma experiência agradável. Mas, por sorte, também mostraram como o planeta será, entre 2040 e 2100, caso consigamos unir a população do globo, reduzir os gases de efeito estufa e deter o fatal desmatamento dos bosques e das florestas tropicais. Este planeta ainda pode se recuperar. Na última sala, exibiram slides *magníficos de várias regiões do mundo. Os comentários eram de David Attenborough. No fim, enquanto mostravam lindas imagens das diversas espécies vegetais e animais, ele disse: "...* but we still have time to act to make changes that will secure the life of this planet. This is the only home we have...".

Depois da festiva inauguração, fomos de ônibus ao Supphellebreen, onde nos aguardava uma recepção ao ar livre com champanhe, morangos e salgadinhos. Os empregados do hotel a prepararam quando estávamos no Museu da Geleira, e a simpática dona do hotel, que, obviamente, teve muitíssimo que fazer nas últimas 24 horas, não tardou a me achar, aliás, devia estar careca de saber que eu ia participar da inauguração da Exposição do Clima e que, dali a duas horas, faria uma pequena palestra no almoço.

Ela se aproximou, sorriu com muita cordialidade e, naturalmente, quis saber de você.

Cadê a sua esposa?

Não tive coragem de decepcioná-la, Solrun, juro que não, por isso me restringi a dizer que você tinha precisado viajar às pressas porque acontecera algo com a sua família em Bergen.

"Com os filhos?", perguntou ela.

"Não, não, uma tia velha", menti.

A moça pensou um pouco, talvez sem saber até que ponto podia invadir a nossa privacidade. E indagou: "Mas vocês têm filhos?".

O que dizer? Eu já começara a mentir e não queria contar que nos havíamos encontrado por acaso depois de mais de trinta anos sem saber um do outro. Procurei dar a resposta mais vaga possível.

"Dois", disse, balançando a cabeça. Não estava tão longe da verdade, pois pensei nos meus dois filhos e nos seus dois.

Mas ela não desistiu, quis saber mais da nossa prole, e eu, sei lá por quê, achei melhor ficar em Bergen mesmo, não disse uma palavra sobre as minhas meninas, falei o mais sucintamente possível na Ingrid de dezenove anos e no Jonas de dezessete — muito embora fizesse apenas algumas horas que tinha essa informação. Assim, limitei-me a contar só uma mentira, e dizem que os mentirosos precisam ter boa memória. Em suma, fingi que era seu marido.

Ela deve ter feito as contas rapidamente, pois logo disse: "É mesmo? Então vocês demoraram a ter filhos?".

Eu pensei: O que você queria? Que eu dissesse que nós, ainda quase adolescentes, engendramos um filho no seu hotel?

Mas apontei para o glaciar e disse: "Naquele tempo, ele era bem maior".

Ela fez que sim e riu. Não entendi por que estava rindo. Ela disse: "Foi muito bom revê-los".

Os pensamentos começaram a rodopiar na minha cabeça. Talvez a girar em torno da vida que nós dois vivemos separados. Mas também pensei no atracadouro de balsa em Revsnes, na radiopatrulha em Leikanger e no bosquezinho de bétulas no alto do Mundalstal.

Apontei com o queixo para a geleira.

"O que mais me preocupa são os glaciares do Himalaia", eu disse. "Eles também estão recuando. São milhares e abastecem de água algumas centenas de milhões de seres humanos."

Tornei a encher o meu copo, virei-me para fugir de novas perguntas e dei alguns passos ao longo do rio verde-azulado. Continuei andando e pensei no livro que você trouxe para o quarto naquela noite e que, no dia seguinte, acabou levando para Oslo. Depois do encontro com a "mulher amora", ele passou a pairar como uma espada sobre nós. Se você não tivesse achado esse livro por acaso, é possível que nós dois estivéssemos juntos até hoje. O que você acha?

Claro que teríamos de resolver a questão da "mulher amora". Mas, dentro de poucos dias, você poderia colocá-la num contexto muito maior.

Ocorre-me tanta coisa, Steinn, mas agora preciso parar. Vou desligar o computador, e continuo em Bergen nos próximos dias.

4

Estou à minha escrivaninha, junto à janela, em Skansen, olhando para Bergen. Lá fora, o tempo está lindo e já quase outonal. É a primeira vez neste ano que vejo folhas amarelas nas árvores, e os dias vão encurtando.

Estou no meu antigo quarto de menina. Ingrid ficou com ele quando completou três anos, mas, como há dois meses se mudou para Møhlenpris com umas amigas, eu o recuperei. Apossei-me dele imediatamente, retirei o velho carpete, encerei o chão e pintei as paredes de creme. Assim, o quarto voltou a ter a minha cara e o meu tamanho. Eu o chamo de escritório, mas Niels Petter se comporta como se fosse a minha sala particular. Ele é generoso.

Ingrid foi muito fofa. Quando estava retirando as últimas coisas com um conhecido — ainda havia algumas caixas de roupa e cabides —, ela me abraçou com súbita ternura e me agradeceu o empréstimo. Agradeceu-me por ter-lhe emprestado o quarto que era dela desde os três anos de idade. Mas Ingrid sempre soube que antigamente este era o meu quarto, na infância e mesmo depois de adulta.

Morei só cinco anos fora desta casa.

Naquele dia, foi chorando que entrei no expresso vespertino. O que você acha que fiz em Haugastøl? Antes de chegarmos a Finse, o condutor sentou-se ao meu lado e me consolou. Eu não disse uma palavra, e ele também não perguntou nada, mas me confortou. Em Myrdal, ele voltou depois de sair e agitar a bandeirinha verde. Eu continuava chorando. Então ele me trouxe uma xícara de chá, não o copinho de papel que dão no vagão-restaurante, uma xícara mesmo, de verdade. Aí consegui olhar para ele e sorrir. Consegui dizer "muito obrigada". Mas não fui capaz de lhe falar da Idade da Pedra.

Queria ir para casa. Queria os meus pais. Era a única coisa que eu sabia com certeza. Não telefonei avisando que ia chegar. Só pensava em passar pela porta de casa, em entrar. Eles teriam de me receber no estado em eu que me encontrava.

Tornei a me instalar no meu quarto da infância. Anos depois, quando conheci Niels Petter, os meus pais já tinham começado a reformar a casa velha da vovó à beira-mar, em Ytre Sola. Papai resolveu "baixar a bola" no trabalho, como ele dizia, e acabou vendendo a agência. E ficou muito bem de vida. Dizia, sorrindo: Bergen é um lugar gostoso, Solrun, mas não acho que valha a pena morrer nesta cidade.

Acontece que os dois ainda viveram mais de vinte anos em Kolgrov, nisso ele tinha razão. Há três anos, simplesmente adormeceu sem o menor alarde, dizem que estava numa poltrona com um copo de conhaque na mão, uma antiga peça da família, o qual caiu no chão e se espatifou um quarto de segundo depois de sua morte. E, como já devo ter contado, a minha mãe morreu no inverno passado. Eu estava ao seu lado, segurando-lhe a mão. Ela não tinha mais ninguém, só a mim.

Quando fui estudar em Oslo, eu estava exatamente com a idade de Ingrid hoje. Que coisa esquisita. Nós éramos tão jovens!

E, quinze dias depois do meu desembarque na Estação do Leste, nós nos conhecemos numa aula no Chateau Neuf, você pediu fogo, talvez tenha sido apenas um pretexto, mas desde então, passamos a ficar juntos 24 horas por dia. Já em outubro nos mudamos para o pequeno apartamento de Kringsjå. De vez em quando, os outros estudantes em Blindern manifestavam a sua inveja. De certo modo, nós éramos muito diferentes. Éramos tão felizes!

Claro que chorei no trem. Chorei até chegar a Bergen. Não entendia mais nada. De repente, eu só sabia que nós pensávamos de modo diferente, mas não conseguia compreender por que não podíamos conviver com isso. Obviamente, não éramos o primeiro casal no mundo a acreditar em coisas diferentes. Ou você acha que um crente e um descrente não podem de modo algum viver sob o mesmo teto, como marido e mulher?

Como você detestava os livros, Steinn. Principalmente aquele. Como você o desprezava e como me desprezou porque eu o li. Ou será que era ciúme? Durante cinco anos, você foi o centro da minha atenção. Nunca tive outro pensamento que não você e nós. Depois do encontro com a mulher amora e quando comecei a ler esse livro, que roubei do hotel e levei para casa, desenvolvi uma fé cada vez mais engajada numa existência depois desta. Era tão difícil assim tolerar essa fé em mim?

Quem é você afinal? Digo, hoje em dia. Eu lhe pergunto no que acredita, e você faz uma longa dissertação científica, bem no espírito da faculdade em que trabalha. Ou seja, de dissidente você não tem nada. Terapsídeos e australopiteco, você — *et cetera et cetera*. Então eu torno a perguntar no que é que você acredita, e a única resposta que obtenho é a lista das coisas em que não acredita. Mas eu insisto, Steinn, sou teimosa, sabe? Quero retornar com você àquele que foi o nosso ponto de partida. Antes de lhe contar no que eu acredito, quero voltar com você àquela mágica disposição de espírito que tínhamos então, à qual os dois podíamos nos ligar, mas que não era uma mera chispa de *esperança*. Eu pergunto: o que é o mundo, Steinn? O que é um ser humano? E o que é essa aventura estelar em que nadamos como pequeninas pérolas encantadas de consciência?

Pronto, voltei!

Naturalmente, foi triste ler sobre a sua viagem para Bergen e para casa na época.

Fora isso, sinto-me afetado pelo que você diz. É possível que, até agora, eu tenha dado respostas medíocres às grandes perguntas que você fez. A verdade é que, com o passar dos anos, eu me transformei num idiot savant, *sabe, de tanto pesquisar e estudar. A gente precisa se ater aos fatos. Pode arriscar hipóteses e teorias, mas elas também devem ter uma base sobre a qual se possa saber alguma coisa.*

O que me incomoda, talvez, é a palavra "acreditar". *Ela não existe no meu dicionário. Acho mais fácil falar em* intuição. *Por certo, tenho mais intuição que fé, principalmente quando se trata dessa questão da consciência.*

Então escreva sobre isso, Steinn. Eu também gosto da palavra "intuição". Por exemplo, pode contar o sonho que teve na noite anterior ao nosso encontro em Fjærdal. Você não disse que foi um sonho cósmico?

Disse, sim, e ele continua me afetando até hoje. É como se tivesse realmente vivido o que aconteceu no sonho. Não, eu estava de fato naquela nave espacial...

Então eu posso saber?

Mas o dia anterior também ficou gravado na minha memória, isto é, toda a véspera do nosso encontro. Embora eu praticamente não tenha feito senão percorrer a região de ônibus e de trem, não posso separar esse dia do sonho que dele resultou. De modo que preciso começar por esse dia.

Por mim, contanto que você não esqueça o sonho, pode começar por onde quiser. Fora isso, dou-lhe todo o tempo necessário, pois, por vários motivos, só vou poder me conectar amanhã à noite. Um dos motivos é achar que eu não posso escrever aqui enquanto ele estiver em casa. Não é que Niels

Petter não tolere isso, simplesmente não suporto imaginá-lo ouvindo-me digitar. Eu também não gosto de ouvir os outros digitarem. É mais ou menos como ouvir telefonemas alheios, por exemplo, no ônibus, no táxi ou numa trilha do bosque de Nordmarka. É opressivo e constrangedor. E amanhã é dia de planejamento no colégio. Já estou contente. Vai fazer bem partir para a luta.

Que bom, e até que vem a calhar, pois preciso de tempo mesmo. Não sei dizer quando volto a entrar em contato.

Demore quanto achar necessário. Eu estou aqui, Steinn.

Agora ele começou a pigarrear, é melhor concluir. Acho que vou propor um copo de vinho tinto. Sabe, a última saideira. É assim que a gente diz aqui em casa.

Ele acendeu a lareira pela primeira vez neste ano. Nada mais aconchegante.

5

É 17 de julho de 2007. Um forte temporal me acorda bem cedo. O dia está cinzento, nuvens de chumbo pairam sobre Oslo. Vou a Gol de trem e, de lá, sigo de ônibus para Lærdal e Fjærland, uma viagem de quase nove horas. Nunca gostei de viajar de carro sozinho, prefiro o transporte coletivo, que me deixa livre para ler ou simplesmente desligar.

Nessa manhã, Berit me deu carona até a estação Lysaker, mesmo porque precisava levar roupa limpa para o pai, e eu ia passar alguns minutos na plataforma esperando o trem de Bergen das 8h21. Aqui também troveja a intervalos irregulares, é uma manhã de verão verdadeiramente sombria. Não está chovendo, mas as nuvens negras dão a impressão de que é noite, e, embora tenha amanhecido faz tempo, como acontece nesta estação do ano, vejo perfeitamente os raios rasgarem o céu. Então o trem de Bergen parte, e eu procuro o meu lugar; como de costume, reservei um à janela: o assento 30 do vagão 5.

Logo estamos em Drammen e, seguindo para o norte, passamos pelo Drammensvassdraget rumo a Vikersund e Hønefoss. As nuvens continuam baixas, a copa das árvores está quase totalmente envolta em névoa, mas nos dois ou três metros sob as nuvens baixas, a visibilidade é boa. O Drammenselv está alto e, no Tyrifjord, a água cobre um bom pedaço do tronco das árvores e alguns atracadouros estão alagados. Isso já aconteceu várias vezes neste verão, um verão catastrófico, muitos agricultores vão dizer que as inundações causaram danos a diversas regiões do país, inclusive a Drammensvassdraget, e que se perdeu boa parte da produção.

Não sei se é por causa do tempo, mas estou pensativo desde que embarquei. Sinto-me mais do que apenas normalmente acordado, um pouco mais inteligente que antes, sinto-me intensamente presente no compartimento amarelo do trem que percorre velozmente a paisagem nublada. E me pergunto: o que é consciência? O que são memória e lembrança? O que significa "recordar" ou "esquecer" uma coisa? O que é parar para pensar e refletir sobre isso, o que é pensar? E acima de tudo: a consciência é um acidente cósmico? É por obra do acaso que, neste momento, o Universo tem consciência de si e do seu próprio desenvolvimento? Ou, pelo contrário, isso é característico da própria essência do Universo?

Não era a primeira vez que eu quebrava a cabeça com essa questão fundamental e, na realidade, óbvia. Em diversas ocasiões, fiz essa mesma pergunta a biólogos e astrofísicos, e, via de regra, a primeira reação era uma espécie de recusa ou embaraço em face da problemática. Os meus interlocutores sentiam-se quase constrangidos por minha causa. Para muitos, é imperdoavelmente ingênuo um cientista fazer semelhante pergunta. Mas quando eu a repetia, esclarecendo que queria apenas uma resposta intuitiva, a reação geralmente era positiva. Sim, declaravam eles, o fenômeno consciência não passa de um acidente cósmico.

No Universo, não há intenção, não há propósito e não há essência determinada, em regra, isto se denomina pré-requisito natural. O fato de a vida ter surgido aqui e de a biosfera se haver desenvolvido até chegar a isso que você chama de "pérolas encantadas de consciência" é a mera consequência de uma casualidade cega. Ou, como diz o biólogo e prêmio Nobel francês Jacques Monod: O Universo não estava prenhe de vida; nem a biosfera, de seres humanos. O nosso número foi sorteado na mesa de jogo de Monte Carlo.

E, mais adiante, é com as seguintes palavras que ele rejeita a categoria vida como fenômeno cósmico essencial ou acidental: Afirmo que na biosfera não há nenhuma classe previsível de objetos ou fenômenos, e sim que ela constitui um acontecimento particular, certamente compatível com os primeiros princípios, mas não pode ser deduzida a partir desses princípios. Por conseguinte, é essencialmente imprevisível.

Trata-se de uma especificação útil, e naturalmente é concebível que a afirmação de Monod seja exata — apesar da dificuldade de demonstrar uma instância verificável. Nesse contexto, "imprevisível" significa que estamos falando de fenômenos tão bizarros — e, por isso mesmo, tão provincianos — que eles ficam quase totalmente à margem das leis físicas.

Mas nesse campo você não me encontra mais. Desde que vivemos juntos, passei a ter a percepção intuitiva de que o fato de a vida e a consciência terem surgido justamente aqui é característico *da essência do Universo. De modo que há, sim, um dissidente dentro de mim, senão como cidadão do mundo, certamente como pesquisador da Faculdade de Matemática e Ciências Naturais. A maioria dos astrônomos, físicos e biólogos que estiveram comigo afirma exatamente o contrário: nem a vida nem a consciência podem ser atribuídas à natureza inanimada como produto "essencial" ou "necessário".*

Para a ciência atual, o verdadeiro paradigma do entendimento parece pressupor que os átomos e as partículas subatômicas ou ainda as estrelas e galáxias, a matéria escura e os buracos negros são formas de expressão essenciais daquilo que o Universo realmente é, muito mais do que a vida e a consciência, que, em consequência da ciência reducionista, não representam senão lados completamente arbitrários, acidentais e, portanto, "acessórios" da natureza. A existência das estrelas e planetas é uma consequência necessária do bigue-bangue. Já a existência da vida e da consciência provém de uma casualidade pura, de uma coincidência monstruosa, de uma anomalia cósmica.

Esse é o rumo do meu pensamento quando o trem chega à estação de Hønefoss. Numa telinha acima da porta do compartimento, aparecem as palavras Hønefoss 96 alt. *Dois passageiros saem para fumar.*

Não está chovendo, mas sobre a paisagem paira um céu tenso, capaz de desabar de uma hora para outra. Então se ouve um apito e o trem segue viagem, passando por campos verdes e amarelos e pela florestosa cadeia de montanhas do outro lado. Escuras tiras de nuvem flutuam sobre os abetos.

Tento me lembrar de como tudo começou. Tento me lembrar da história do Universo.

Microssegundos após o bigue-bangue, formaram-se prótons e nêutrons de quarks e, logo a seguir, núcleos de oxigênio e hélio. Átomos completos, com órbitas eletrônicas, só apareceram centenas de milhares de anos depois, ainda exclusivamente de oxigênio e hélio, e é presumível que os átomos pesados tenham sido "forjados" ou "cozinhados" na primeira geração de estrelas para então fertilizar o Universo. Sim, fertilizar — e é claro que sou tendencioso ao escolher essa palavra. Com os átomos pesados, nós começamos a alimentar o nosso próprio jardim e o jardim da vida, pois somos constituídos desses átomos, assim como o planeta em que vivemos.

Nada há de providencial na massa ou capacidade combinatória dos nossos átomos. Como vimos, átomos existem em todo o Universo. Por isso é possível dizer que eles são fundamentais para a existência do próprio Universo. A física de partículas, que recentemente nos deu uma ideia dos primeiros minutos desse Universo, explica com muita exatidão por que os átomos entram inevitavelmente na composição que denominamos molécula.

Mais complicada e, no âmbito cósmico, mais rara é a chamada macromolécula, da qual se constitui a vida. Fundamentais para toda a vida existente no nosso planeta são as macromoléculas como as proteínas e os ácidos nucleicos autorreprodutivos, o DNA e o RNA, que dirigem a construção das proteínas e estão presentes no genótipo de todos os organismos. A vida na Terra consiste em compostos de carbono e depende decisivamente da energia (luz solar) e da existência de água corrente.

Já não é mistério o modo como as macromoléculas da vida devem ter se constituído na Terra antes e durante os 4 bilhões de anos. Muitas questões menores continuam sem resposta, mas, teoricamente e mediante experimentos práticos, a bioquímica mostrou como os tijolos da vida se formaram na atmosfera desprovida de oxigênio que envolvia o planeta na sua infância. Só com a fotossíntese dos vegetais foi que surgiram esta atmosfera rica em oxigênio e a camada de ozônio que protege a vida na Terra contra as radiações cósmicas.

Embora a ciência se acredite capaz de explicar o surgimento da vida na Terra, por exemplo, mediante uma "sopa primordial" de moléculas, ela admite simultaneamente que o aparecimento da vida nessa "sopa primordial" teria sido provável. Tudo quanto ocorre na *natureza só ocorre necessariamente. Por que isso não se aplicaria ao surgimento da vida?*

Hoje se sabe que muitos tijolos da vida podem ser produzidos sinteticamente por meio de combinações químicas simples. As chamadas química orgânica e química inorgânica já não se separam tão nitidamente como outrora. Também no Universo se detectaram as moléculas que compõem a vida. A novidade dos últimos anos foi a presença de composições orgânicas como o álcool e o ácido fórmico na poeira cósmica interplanetária. Ademais, descobriu-se recentemente a presença do aminoácido glicina no espaço. Tais moléculas estão na cauda dos cometas e nas remotíssimas galáxias a bilhões de anos-luz de distância. Mas, como ciência, a astroquímica *ainda está engatinhando.*

A vida — ou as moléculas da vida — no nosso planeta não precisa obrigatoriamente ter surgido aqui. Uma e outras podem ter chegado do espaço, por exemplo, trazidas por um cometa. A maior parte da água da Terra provavelmente foi trazida por cometas. Essa água não era nada "limpa" e muito menos esterilizada.

Estou instalado na realidade e faço um resumo da história do Universo. O que aconteceu é notável, e notável é eu estar aqui e ser a memória dessa história espantosa. Por sorte, viajo virado para a frente do trem, coisa que sempre providencio quando reservo lugar, e faz uma hora que contemplo o Krøderen lá embaixo, à minha esquerda. Sobre esse lago, feito zepelins albinos, flutuam algodoados fiapos de bruma, e sobre os brancos dirigíveis paira um céu pesado que, refletido na água, ensombreia e entristece o Krøderen como se fosse outono. Não chove.

O nosso planeta é o único lugar no Universo em que sabemos com certeza que há vida. Alguns anos atrás, comprovou-se pela primeira vez a existência de planetas fora do nosso sistema solar. Demorou tanto porque, com a tecnologia do passado, não era possível detectar corpos celestiais extrassolares. Mas, num intervalo de poucos anos, constatou-se a presença de cerca de duzentos planetas na órbita de pelo menos um quarto das estrelas comparáveis ao Sol na Via Láctea.

Se hoje perguntarmos aos astrônomos se eles acreditam que

existe vida em outros corpos celestiais do Universo, a maioria responderá que sim. O Universo é tão infinitamente grande que tudo que acontece aqui no nosso quintal pode acontecer em outros lugares. É o que dizem. Um problema nesse contexto é que muitos desses mesmos astrônomos — irrefletidamente — continuam defendendo o dogma de Monod segundo o qual o Universo não estava "prenhe" de vida. Mas, se o Universo não estivesse prenhe de vida, qual era a relação entre ele e o seu admirável produto?

Embora ainda há poucas décadas sobejassem ideias fantasiosas sobre a vida extraterrestre, atualmente, a astrobiologia procura principalmente água. O paradigma bioquímico que vem se afirmando cada vez mais é a certeza de que podemos contar com a existência de vida lá onde há água corrente. Talvez o assombro seja maior ainda se um dia encontrarmos um fértil planetinha com vívidos mares e águas torrenciais, sem que nele exista vida.

A matéria-prima é, pois, universal e pode derivar dos "primeiros princípios". As moléculas complicadas ou macromoléculas são muito mais raras. Mas isto não significa que sejam menos universais.

Penso. O encadeamento de ideias que estou montando é uniformemente linear, mas também logicamente claro. Talvez eu esteja totalmente sozinho neste planeta e nesta manhã, discorrendo longamente sobre a minha consciência ou a minha inteligência. E quem sabe se não sou o único no Universo neste exato segundo? Neste caso, é possível que esteja aqui, no compartimento amarelo, gozando de um grande privilégio.

Começa a chover pouco antes de Nesbyen. Letras brancas na telinha azul acima da porta: Nesbyen, desembarque à esquerda, 168 alt. *E, feita a baldeação em Nesbyen:* Bem-vindo ao trem de Bergen. *Segue-se uma simpática acolhida:* Bem-vindo ao vagão-restaurante. * Delicioso cardápio * Lanches * Refeições quentes e salgadinhos.

Entre Nesbyen e Gol, há floresta em ambos os lados da linha férrea. Fico olhando para o rio lá embaixo, à direita. Veem-se umas poucas fazendolas. Agora as nuvens descem ao fundo do vale. Parece que os zepelins estão se preparando para aterrissar.

A cosmologia tem uma coisa chamada princípio cosmológico. *Significa que, seja qual for o lado para o qual nos voltemos, o Universo sempre apresenta as mesmas características. Sendo a escala suficientemente grande, o Universo é* isotrópico *ou homogêneo.*

Por que não usar esse princípio na nossa pergunta: podemos esperar encontrar vida em qualquer parte do Universo, assim como esperamos encontrar estrelas e galáxias? Ou o surgimento disso que chamamos vida só ocorreu aqui à nossa porta, acidentalmente?

Mas há cerca de uma centena de bilhões de galáxias no Universo, e cada uma delas consiste em cerca de uma centena de bilhões de estrelas. E ainda temos uma quantidade quase exagerada de fábricas químicas. Ou seja: podemos apostar uma infinidade de fichas em Monte Carlo. E, com isso, perdemos as condições que nos permitem classificar um grande ganho de "acaso".

Obviamente, não é "acaso" um jogador assíduo ganhar um bom dinheiro de vez em quando. Aliás, é típico do jogador assíduo ganhar ocasionalmente. Mas quando topamos com os raros sortudos que se vangloriam de sempre ganhar na loto ou na corrida de cavalo, pode nos ocorrer perguntar-lhes a quantidade total de dinheiro que já apostaram. Nem todos ficam contentes com essa pergunta.

Não esqueci a consciência. Quando examinamos a nossa biosfera, podemos perfeitamente afirmar que ela estava prenhe de sistemas nervosos e aparelhos dos sentidos dos organismos. A visão, por exemplo, surgiu várias dezenas de vezes no nosso planeta, sem que se possa falar em conexão genética. Logo, é de se esperar que os organismos maiores de quaisquer planetas também tenham desenvolvido um tipo de visão. O motivo é evidente: em qualquer biosfera, há de ser uma grande vantagem evolutiva contar com a possibilidade de registrar o ambiente para escolher o parceiro adequado. Também os outros sentidos seriam uma vantagem efetiva na luta pela existência em qualquer planeta, por exemplo, a audição, a ecolocação, a capacidade de sentir dor, o paladar, o olfato — e talvez alguns sentidos exóticos nada triviais aqui.

Para coordenar as impressões dos sentidos, todo organismo su-

perior desenvolve um centro de controle eficaz ou um "cérebro". Uma vez mais encontramos no nosso próprio planeta exemplos de diversas séries animais que, independentemente umas das outras, desenvolveram um aparelho dos sentidos mais ou menos complicado e complexo. Convém registrar que a pesquisa neurológica examinou as células nervosas do polvo na esperança de melhor compreender o sistema nervoso humano.

Em conformidade com a nossa teoria de que a vida é um fenômeno natural universalmente difundido, podemos dizer o mesmo do desenvolvimento do "sistema nervoso" e do "cérebro".

Gol, 207 alt. *Pego os meus pertences, um paletó e uma pequena mochila.* Próxima estação Gol, desembarque à direita.

Pouco depois estou aqui fora, debaixo de um aguaceiro. Vou de ônibus à estação rodoviária de Gol. No caminho, ligo um GPS portátil e não tardo a receber sinais de satélite.

São 11h19, e eu me encontro a 60 graus, 42 minutos e 6 segundos de latitude norte e a 8 graus, 56 minutos e 31 segundos de longitude leste, com margem de erro de ± 20 pés. Nascer do sol 4h21, pôr do sol 22h38, mas as pesadas nuvens também despejam chuva sobre nós. Nascer da lua 8h11, pôr da lua 23h23, porém, mesmo num dia claro de verão, dificilmente conseguiríamos ver a lua no céu. Quanto às perspectivas de caça e pesca em Gol, a avaliação de hoje é a seguinte: Average Day. *Menos mal.*

Na estação rodoviária, paro na lanchonete para uma xícara de café e um croissant de queijo e páprica. Mas continuo ruminando, penso no cosmo e estou quase ausente no local, muito embora me deixe distrair alguns segundos por um raro e agradável contato visual com uma mulher. Tenho a ridícula impressão de que sou uns dez anos mais velho que ela.

Chove torrencialmente lá fora, na avenida que atravessa o centro de Gol. Talvez seja isso que me inspira um ânimo ainda mais atmosférico. Interrompo brevemente a minha pesquisa mental e anoto algumas palavras-chave para a palestra que vou ministrar daqui a dois dias. Não imagino que, a essa altura, você e eu já teremos nos encontrado. Mas não posso omitir que, em Gol, naturalmente recor-

do a ocasião em que nós passamos por essa paisagem num fusca vermelho, a caminho do glaciar do Oeste.

Tenho tempo de sobra, pois o ônibus só parte de Gol às 13h20. Minutos depois, passamos por Hemsedal em meio à neblina. O ônibus também tem monitor. A temperatura exterior oscila em torno dos catorze graus. Depois a névoa se dissipa um pouco.

A nossa visão do planeta em que vivemos percorre um longo caminho desde o cérebro e o sistema nervoso até isto que denominamos "consciência", ao menos quando nos referimos a algo tão esquisito como a capacidade de refletir sobre o nosso próprio lugar na existência, não só num bosquezinho qualquer, mas também no Universo, para não dizer na realidade. Por outro lado: quando o vertebrado se ergueu pela primeira vez sobre as pernas, liberando os membros anteriores para, por exemplo, fabricar ferramentas, foi uma vantagem não menos decisiva aprender alguns truques úteis e, além disso, saber compartilhar tais "experiências de sobrevivência" com outros membros da horda, por exemplo, os próprios descendentes.

Viver com o que chamamos de "consciência" já estava ao alcance do homem como um espaço livre e desimpedido. Se não tivéssemos chegado primeiro, é bem possível que, cedo ou tarde, representantes de outra ordem de vertebrados se encarregassem de indagar como surgiu este Universo com vida e consciência.

Pode parecer piada, mas convém levar em conta que, até agora, cem por cento dos corpos celestes nos quais temos certeza de que existe vida desenvolveram consciência, inclusive consciência com um possível horizonte de entendimento que se estende quase até a explosão primordial.

Afinal, o desenvolvimento do Universo não deixa de ser o desenvolvimento de processos físicos cada vez mais diferenciados ou integrados. O cérebro humano é o sistema mais complexo ou complicado que até agora conhecemos. E a consciência, habitante desse órgão, insiste em esquadrinhar o espaço sideral e, representando a totalidade do cosmo, perguntar: quem somos? de onde viemos?

Do ponto de vista semântico, essas frases curtas são tão simples e fundamentais que não seria nenhum milagre se, em outros corpos celestes a muitos anos-luz da nossa galáxia, também houvesse quem as clamasse na noite universal. A língua em si talvez tivesse uma estrutura completamente diferente, e, foneticamente, os sons seriam de tal sorte que demoraríamos a compreender que se tratava de um idioma. Mas nada garante que essa civilização extraterrestre pensasse de modo muito diferente do nosso, ou que tivesse uma história da ciência inteiramente diversa da nossa. Lá os habitantes mais inteligentes também prenunciariam o longo e extenuante caminho do maior entendimento da essência deste mundo, do nascimento do Universo e do sistema periódico dos elementos.

Quando o chamado Projeto SETI — ou Search for Extraterrestrial Intelligence *— lança mão de meios poderosíssimos para captar sinais de vida e, por definição, de vida inteligente no Universo, não é porque procuram algo tão improvável como mais um acidente cósmico a uns parcos anos-luz da nossa estrela. Para eles, há de se tratar de uma comprovação de que a nossa espécie constitui algo permanentemente característico ou essencial a todo o Universo.*

Mas não faltam argumentos favoráveis de que só aqui existem criaturas dotadas de consciência universal. Ainda que houvesse primitivas formas de vida em outros corpos celestes, não podemos esquecer que, a partir do surgimento da vida aqui, foram necessários nada menos que uns 4 bilhões de anos para que a humanidade descobrisse a luz do mundo, e 4 bilhões de anos são uma idade considerável para qualquer planeta. Presume-se que dentro de mais 1 bilhão de anos já não haverá condições de vida no nosso planeta, a Terra perderá a atmosfera, a água evaporará.

Quiçá nós estejamos mesmo sozinhos. Muito embora ainda não seja possível negar peremptoriamente que o Universo seja um vaporoso enxame de almas e espíritos das mais diversas formas externas.

Quando eu era menino, pensava muito nisso, e não é de outra coisa que trato agora. Talvez o Universo fervilhe de vida, imaginava. Era uma ideia empolgante. Mas logo me ocorria exatamente o contrário. Quem sabe só existe vida aqui e em nenhum outro lugar *em todo o Universo. E essa ideia não era menos empolgante. As duas possibilidades só faziam enfatizar o quanto a minha existência era inconcebível.*

Agora o ônibus atravessa Hemsedal. Obviamente, eu sei que logo vou passar por lá. Tento me preparar. Talvez a intensa meditação acerca do Universo fizesse parte dessa preparação. Pois você certamente se lembra do atracadouro de balsa de Revsnes. Nós tínhamos de falar numa coisa grandiosíssima para que uma ordem superior e um contexto infinitamente maior obnubilasse um fato fortuito no nosso planeta.

O véu de nuvens continua baixo, mas é impossível distingui-lo da neblina. As nuvens pairam a quase três metros do chão.

Uma placa informa que a Rodovia 52, que atravessa Hemsedal, está aberta. Claro que está, ainda é pleno verão.

Viajamos ao longo da margem direita do rio, e ele ostenta uma correnteza excepcionalmente forte, pois choveu demais ultimamente, mas também porque a neve dos montes demorou a derreter neste ano.

Passamos por um lago artificial, a represa está cheia, transborda, e agora sei por que o Hemsil, mais abaixo no vale, ficou tão caudaloso; isso também explica a inundação dos ancoradouros do Tyrifjord, afinal, trata-se da mesma bacia.

Os quase palpáveis flocos de bruma encrespam-se sobre o vale em quantidade extremamente concentrada. Hoje o tempo se aproxima lentamente de um gracejo meteorológico. Logo a neblina volta a se adensar, só consigo ver o fundo do vale, em ambos os lados as montanhas estão envoltas numa espessa bruma.

Vou registrando tudo isso ao mesmo tempo que me concentro no inconcebível de eu estar aqui, entretendo algumas ideias claras sobre a história e a geografia do Universo. Além disso, arrisco uma ou outra opinião sobre como ou por que surgiram seres como eu.

"O Universo não estava prenhe de vida; nem a biosfera, de seres humanos. O nosso número foi sorteado na mesa de jogo de Monte Carlo."

Mas bem que seria interessante soprar a corneta de Monod no sentido contrário — só para ver até que ponto o som seria harmônico ou desarmônico: O Universo estava prenhe de vida; e a vida, de autoconsciência do Universo.

Até que não soa mal. Pelo menos não entra em rota de colisão com a minha intuição, caso isso tenha algum significado. Este Universo é autoconsciente, ou possui autoconsciência. Um fato tão notório — embora também surpreendente — não pode absolutamente ser relegado a interpretações esotéricas.

Pois algo existe em nível mais elevado, penso quando nos aproximamos do divisor de águas, para não dizer que há argumentos científicos a favor desse nível mais elevado. Talvez a consciência não tivesse podido *surgir, e talvez a vida também não tivesse* podido *surgir. É o que argumenta Monod. Mas talvez nem mesmo o Universo o tivesse* podido.

Se, no primeiríssimo momento, o Universo se houvesse constituído de modo ligeiramente diferente do que na realidade é, teria colapsado já alguns milionésimos de segundo depois de surgir. Inclusive diferenças microscópicas naquilo que Monod chama de "primeiros princípios" teriam levado, com consequências inexoráveis, a que não surgisse Universo nenhum. Vou citar só dois breves exemplos. Se, a partir do primeiro instante, o Universo não houvesse apresentado uma massa um pouco mais positiva do que negativa, ele se autodestruiria um momento depois da explosão. Se a forte energia nuclear tivesse sido um pouco mais fraca, todo o Universo consistiria em hidrogênio, e, se ela tivesse sido um pouco mais forte, talvez não existisse hidrogênio. E a lista é muito mais extensa. Pois, como disse certa vez Stephen Hawking: São enormes as probabilidades contrárias ao surgimento de um Universo através do bigue-bangue.

Tão "acidental" quanto o surgimento da vida e da consciência aqui, é a possibilidade da existência de um universo sustentável. Os "primeiros princípios" de Monod também surgiram acidentalmente, como na mesa de jogo de Monte Carlo. Ou será que podemos nos dar ao luxo de especular se "atrás" ou "fora" do tempo e do espaço houve "algo" que produziu a explosão primordial? Disso não há nenhuma evidência científica, excluindo de antemão que "algo" tenha estado "prenhe" deste Universo.

Para que um universo seja capaz de conjurar uma consciência de si e da sua própria beleza e regularidade, é preciso satisfazer toda uma série de critérios: e isso antes *do primeiro microssegundo após o bigue-bangue. Pois este é um universo assim, coisa que não devemos perder de vista.*

Penso. Muitos colegas veriam nisso uma espécie de heresia. Em todo caso, as ideias que entretenho escapam muito ao âmbito do cientificamente embasado. Mas é justamente isso que eu entendo por intuição.

Agora a estrada dobra à esquerda, afastando-se do rio, e nós passamos algum tempo por terrenos plantados, pastos e pequenos bosques, logo estamos novamente à beira do rio. Então subimos rumo a Berghütte Bjørberg. Vejo uma pequena ponte pênsil sobre o curso de água. Agora talvez estejamos setecentos metros acima do mar. Uma floresta de abetos ocupa as duas margens.

A neblina está ainda mais densa, mas há muita neve na encosta do morro à minha esquerda, e, à direita, vejo alguns chalés, os últimos, creio, antes de chegar ao alto da serra, onde é proibido construir.

Aproximamo-nos do lago Eldrevatnet, perto do limite do distrito e do divisor de águas. É a primeira vez que venho para cá desde aquela época, mas me preparei; que bom que não preciso dirigir. Mas, ao passar por aqui, evito olhar para a direita, para o lago. Consulto o relógio. São 14h20. Isso eu não planejei, mas tenho meia garrafa de vodca na mochila. Tiro-a discretamente, desatarraxo a tampa e tomo um bom trago. Duvido que os outros passageiros tenham notado. Faz mais de trinta anos, mas ainda é tão recente. Ela era um mistério. A mulher do lenço, digo.

Então começamos a descer em direção à Noruega Ocidental. Às 14h29, passamos pelas primeiras curvas fechadas junto ao precipício. Tomo mais um gole de vodca. Aqui, tudo que me passa pela cabeça parece ter a ver com o que sucedeu naquela ocasião. Resolvemos tentar dormir algumas horas em Revsnes. Mas ficamos deitados de olhos fechados, conversando.

Percorremos um trecho ao longo do rio caudaloso rumo a Lærdal, mas, a partir da igreja de madeira de Borgund, a estrada passa por um túnel. Grossas nuvens pairam feito leves cordeiros sobre o fundo do vale, mas só cá e lá. Entramos no centro de Lærdal, onde nós não quisemos pernoitar. Lembra? Aqui embarcam novos passa-

geiros, então mergulhamos no longo túnel até Fodnes. Ainda bem que fui poupado de rever a enervante Revsnes.

Na curta viagem de balsa a Mannheller, tento fazer uma espécie de resumo do que pensei durante quase toda a viagem de Oslo até aqui.

À parte uma série de tecnicidades, hoje a ciência se depara com dois grandes enigmas, a saber, o que de fato aconteceu na primeira fração de segundo do Universo e a questão da essência da consciência. Não temos, talvez, nenhum motivo para supor que haja uma conexão entre esses dois verdadeiramente grandes mistérios para o homem e a ciência. Mas tampouco podemos excluir tal conexão. Se for para dar um palpite, eu vou pela existência de um vínculo.

Creio que há uma explicação mais profunda — ou uma raiz e um chão — por trás das leis físicas formadas pelo Universo. E este é o meu credo mínimo. Se existe alguma coisa "divina", há de estar sob ou por trás da explosão primordial. A partir daí, no meu entender, reinam as leis da natureza e só elas, e absolutamente tudo quanto acontece tem causas naturais.

Quem quiser procurar uma "prova" da existência de Deus, é óbvio que deve investigar as constantes cósmicas ou aquilo que o ateu Jacques Monod chamou de "primeiros princípios". Pois, como eu já disse, a única coisa em que não acredito são as revelações de forças divinas.

Cheguei ao fim do meu encadeamento de ideias e logo chego ao fim desta viagem de ônibus pelo interior. Só quero acrescentar que acho que você vai ter de procurar muito para encontrar um físico que se disponha a ir tão longe quanto eu ao indagar se, na realidade, a vida e a consciência podem ser características fundamentais do Universo. E eu não erijo a minha argumentação sobre a revelação ou a fé. Ela provém diretamente da minha maneira de interpretar a natureza.

Túnel novo perto de Mannheller, mas logo vemos Kaupanger lá embaixo, à esquerda, onde nós dois desembarcamos da balsa; então o ônibus sobe e se abisma em um novo mar de bruma antes de passar por Sogndal e se aproximar de mais uma garganta.

Ao sair do longo túnel no alto do morro que domina o Fjærlandsfjord, não vejo senão névoa lá embaixo, mas, embora nunca tenha passado por esta estrada, sei que a antiga paisagem me aguarda sob a neblina. Passamos por mais um túnel e, ao sair, estou abaixo da camada de nuvens e vejo os vales Supphelle, Bøya e Mundals.

E eis que me acomete aquilo: mas ela está lá? será que vem? Foi puro reflexo. Eu sabia perfeitamente como esse impulso era irracional.

Desço do ônibus em frente ao Museu da Geleira, telefono para o hotel, e, minutos depois, o carro vem me buscar. E logo me vejo na velha casa de madeira, mais de trinta anos depois. Hospedo-me no quarto 235, com uma bela vista do fiorde, do supermercado e da livraria, mas também das montanhas e dos glaciares. Pois a bruma tornou a entrar numa fase de fiapos flutuantes que, em altitudes mais baixas, pairam sobre o fiorde, e, da janela do hotel, só vejo o que há acima delas.

Dou com a sala de jantar cheia de gente, é evidente que o velho hotel está lotado, mas talvez isso também tenha a ver com a abertura da Exposição do Clima. Peço uma jarra do tinto da casa, um quarto de litro custa noventa coroas. Impossível descobrir que uva é ou a origem do vinho, embora seja bom, talvez um Cabernet Sauvignon. Servem-me uma refeição de quatro pratos: salada, sopa de couve-flor, filé de vitela e morango com chantili.

Depois do jantar, vou para o quarto desfazer a mochila. Tomo um trago de vodca e contemplo a noite de verão. Chove muito, o céu desaba. As gaivotas gritam sobre o fiorde e o telhado do supermercado. Eu tomo mais um trago e vou para a cama.

Na manhã seguinte, topo com você na varanda. Vocês chegaram logo depois do jantar, ou seja, quando eu estava no quarto com a garrafa de vodca. Claro que pensando em nós dois. E você já estava no hotel. Haviam tomado uma refeição simples na lanchonete, muito depois de afastarem o carrinho de café do balcão, quando já não havia nenhum hóspede na sala de jantar.

Passo um bom tempo ouvindo as gaivotas antes de pegar no sono. Quando reclino a cabeça no travesseiro e fecho os olhos, penso: aqui dentro. É tão gostoso aqui dentro. É tão gostoso ser eu.

Então começa o sonho esquisito. Parece durar a noite inteira, aliás, muito mais do que uma noite, e hoje é como se eu o tivesse vivido realmente.

Eu o vivi.

E aqui ponho o ponto final na minha pequena odisseia. Passei o dia todo escrevendo, quase sem comer. Tomei café e chá, fiz duas incursões ao armário de canto para tomar uma coisinha.

E você? Já voltou da reunião de planejamento?

Sim, já estou em casa, mas acho que você devia ficar longe do armário. São só cinco horas. Não dá para estabelecer a regra simples de só abrir esse armário às oito ou nove da noite? Mas nós já falamos nisso. Se eu o procurasse à churrasqueira no começo da tarde, você já estava empunhando uma cerveja.

Sim, e nessas ocasiões eu também precisei lutar com tais perspectivas grandiosas. Você não fica um pouco atordoada quando pensa que está presente neste Universo? *Eu escrevo que suspeito haver uma relação entre a minha consciência e a explosão primordial 13,7 bilhões de anos atrás. E você fala sobre uns goles surrupiados a um pobre armário de canto em Konglevei. Chega a ser comovente você ainda ter esse tipo de preocupação comigo.*

Eu sei, talvez seja comovente mesmo.

Mas agora responda. O que você acha das coisas em que pensei na viagem pelo interior, de Lysaker a Fjærland?

Sei lá, não sei bem o que devo dizer... preciso dizer mais ou menos a mesma coisa que aquela estudante: é interessante, Steinn. E desta vez não estou sendo irônica, falo a sério mesmo. Além disso, é uma grande alegria vê-lo formular uma frase como esta: "... embora ainda não seja possível negar peremptoriamente que o Universo seja um vaporoso enxame de almas e espíritos das mais diversas formas externas". E também impressiona ler isto: "Creio que há uma explicação mais profunda — ou uma *raiz e um* chão — por trás das leis físicas formadas pelo Universo". Talvez essas palavras bastem justamente para isso que você denomina credo mínimo e, em todo caso, não deixam de ser uma tentativa de responder à minha pergunta: no que você acredita.

Mas eu tinha pedido outra coisa além disso. Queria o seu sonho. E torno a receber uma defesa de tese materialista. Não duvido um segundo sequer que ela equivale a um *tour de force* científico, ou a um relato de viagem, mas você escreve unicamente sobre o invólucro exterior da nossa natureza espiritual. Para mim, é como se ocupar mais da concha que da bem nutrida pérola que há dentro dela. E, para cada ostra com pérola, existem mil vazias!

Você não para de me surpreender.

Eu estou numa nave espacial na órbita da Terra. Sinto-me sem peso. É como se não tivesse corpo. Sou pura consciência.

Lá embaixo, o planeta está coberto de fuligem e poeira. É totalmente preto. Não vejo mares nem terra. No Himalaia, alguns cimos rochosos afloram no negro inverno atômico. Chamo: Houston! Houston! Mas sei que não adianta. O aparelho de rádio emudeceu. Presumivelmente, o asteroide que eu devia interceptar exterminou toda a humanidade e talvez todos os vertebrados, pelo menos os que viviam na Terra.

Continuo na órbita do planeta carbonizado e recordo o ocorrido. Uma vez mais, o impacto de um asteroide destruiu quase toda a vida, exatamente como na transição do Cretáceo para o Terciário ou do Permiano para o Triássico, quando os dinossauros foram extermina-

dos. Talvez não tenha sobrado um único mamífero desta vez. E a culpa é toda minha. Sou o único responsável pelo que aconteceu.

O gigantesco asteroide tinha muitos quilômetros de diâmetro e fazia tempo que estava em rota de colisão com a Terra. A ONU criou um gabinete de crise, e, pela primeira vez na história, todas as nações colaboraram para salvar o planeta da extinção.

Planejou-se meticulosamente enviar uma nave espacial tripulada e equipada com uma grande carga atômica. Era uma missão suicida. Tal como Hassan e Jeff, eu me apresentei como voluntário. A bomba devia detonar quando se aproximasse do asteroide, mas a uma distância tão grande que não o reduzisse a pedacinhos. Tínhamos simplesmente de mudar a sua rota para que ele passasse ao largo da Terra a uma boa distância.

Quando nos lançaram ao espaço, as últimas consultas estimavam em 99% as chances de o asteroide atingir a Terra. Obviamente, não precisávamos acionar a bomba. Disso se encarregava o computador. Cabia-nos apenas manter firmemente o curso em direção ao objeto hostil, e a bomba explodiria quando estivéssemos à distância certa. Portanto, tratava-se de uma missão fácil.

Éramos três entre muitas centenas de astronautas voluntários. Posto que tenha sido longo o processo de avaliação das nossas características físicas e psíquicas, a última decisão foi tomada por sorteio.

Assim, todos os selecionados tiveram a possibilidade de ser poupados. Era uma missão voluntária, só na última rodada foi que virou roleta-russa. Mas, assim que fomos escolhidos como bilhete premiado ou o contrário disso, nós três nos transformamos em heróis. Íamos nos aventurar no espaço sideral para salvar o planeta da destruição total. E estávamos orgulhosos por termos sido escolhidos.

Precisávamos interceptar o asteroide entre Marte e Júpiter. Toda a humanidade e, talvez, toda a biosfera dependiam de nós, da nossa precisão e bom-senso.

E eu fracassei. Súbito, entrei em pânico. Íamos morrer em poucos minutos. A última coisa que nos disseram por rádio foi: Então boa sorte, rapazes. Tomem mais um trago. E muito obrigado!

Mas acontece que eu não queria morrer. Queria viver mais um pouco e, no momento decisivo, alterei o curso da nave em alguns graus, tornando impossível o cumprimento da nossa missão. Lembro dos gritos de Hassan e Jeff, mas já era tarde. Eu tinha sido mal treinado. Ou mal testado.

À luz do Sol, vemos o asteroide passar velozmente por nós. Agora é inevitável que atinja a Terra, como dizia o último prognóstico, segundo o qual a probabilidade de que toda a humanidade fosse aniquilada chegava a 99%.

O asteroide é gigantesco. Tem uma forma sinistra. Lembra um quadro de Magritte. Vai atingir a Ásia central, mas o local do impacto não significa nada, a colisão será igualmente fatal para toda a Terra.

Estou na órbita de um planeta calcinado, mas não consigo reconhecer os continentes. A fuligem e a poeira estão altas na atmosfera, e a atmosfera, naturalmente, sofreu danos significativos. Lembro-me do que se passou na cápsula.

Eu me envergonhei muito, recordo agora. Hassan e Jeff me encaram. Espalmo as mãos no ar como a gente faz quando fracassa, e me afundo resignado; mas Hassan começa a chorar. Noto o desprezo de Jeff e a profunda tristeza de Hassan. Ele era um muçulmano devoto e estava convencido de que, tendo cumprido a missão, ia prontamente para o céu. Eu achava difícil entender essa crença, pois ele também estava convencido de que o nosso sucesso ou fracasso era uma decisão exclusiva de Deus. De modo que o Todo-Poderoso já tinha decidido. Mas eu não aguentava mais de vergonha. Com um rápido movimento, desconectei o fornecimento de oxigênio dos meus dois companheiros. E, com isso, prolonguei a minha permanência na cápsula. Agora tenho uma expectativa de vida três vezes maior que há poucos minutos. Manobro a nave de volta para a Terra. Preciso ver o que aconteceu no meu planeta. E vejo que não podia ter sido pior. Tenho combustível suficiente para colocar a nave espacial na órbita do planeta negro e oxigênio suficiente para dar muitas voltas.

Quero usar as horas que ainda me restam para refletir sobre o que aconteceu. É hora de refletir. *O que é vida? O que é consciência? Porque estou convencido agora de que a razão e a vida espiritual não podiam ter surgido em nenhum outro lugar do Universo, só mesmo neste planeta totalmente carbonizado ao redor do qual giro. Eu sou o que resta da autoconsciência do Universo.*

Representante da totalidade do cosmo, fico infinitamente triste quando penso que agora o Universo entra numa fase horrivelmente embotada. Afinal, um universo consciente e um universo inconsciente são duas coisas essencialmente diferentes. Mas também estou triste por mim. Resta-me tão pouco tempo para ser eu. Se não tivesse roubado o tempo de Jeff e Hassan, agora estaríamos todos mortos e a consciência do Universo já se teria apagado. Acho importante ter prolongado a consciência de si do cosmo.

Então penso a minha vida. Ou não penso nada, apenas retorno à década de 1970 e a vejo lá em Kringsjå, você está tão contente, sorri de modo tão travesso, e juntos fazemos o que sempre fizemos. Rimos e empreendemos uma caminhada a Ullevålseter. Vamos de bicicleta a Blindern e ficamos em casa, no sofá, queimando as pestanas nos livros. Viajamos de carro à Normandia e estamos naquela ilhota a que se pode ir a pé na baixa-mar — você achou uma estrela-do-mar azul no fundo —, e vamos a Estocolmo de bicicleta. Passeamos no veleiro que um velho camponês nos emprestou. Ele achou que éramos pirados. Só por isso nos emprestou o barco. Ficou com pena de nós por termos problemas mentais.

Olho para um planeta estorricado. É o meu berço e o berço da consciência. No mesmo instante, posso decidir estar em qualquer tempo e em qualquer lugar, por exemplo, no tempo que vivi na Terra, ali no acostamento à beira do Mälaren, onde tivemos de parar porque o pneu furou. Fiquei irritadíssimo, mas você me acalmou, e agora, aqui na órbita da Terra, depois do seu desaparecimento e do desaparecimento do mundo, percebo que naquela manhã você estava coberta de razão. Não vale a pena perder o bom humor só porque é preciso recauchutar o pneu da bicicleta, você disse. É verão, seu bobo. E nós estamos vivos!

Agora estou lá embaixo e revivo tudo. Os seus pais nos emprestaram o carro e nós vamos de Bergen a Rutledal. Estamos na balsa, olhando para o fiorde de Sogn, depois atracamos em Krakhella, no estreito canal entre Losna e Sula. Atravessamos a ilha e tomamos a pequena balsa de Nåra. O arquipélago escultural é como um mundo em si, com suas muitas baías, promontórios, estreitos e lagoas. Percorremos os últimos quilômetros até Kolgrov, mas primeiro você faz questão de parar num determinado lugar para me mostrar a mais linda vista do mar. Não cabe em si de contentamento por me levar ao paraíso da sua infância, está absolutamente fora de si. Passamos pela casa da sua avó Randi, e, quando somos apresentados, tenho a impressão de já a conhecer desde sempre, mas é só porque nela posso ver o tanto que já conheço de você. Viramos crianças lá fora. Vamos à Mercearia Eide e compramos sorvete e balas. De noite, ficamos na nossa cama no quarto azul e cochichamos sobre o que vimos e exploramos nesse longo dia de verão.

Há duas histórias em torno às quais tudo gira, a minha e a do resto do Universo, mas essas duas histórias se fundem, pois eu não teria história nenhuma se o Universo não tivesse a dele, à parte isso, passei a metade da vida estudando a história do Universo, e, sem mim, o Universo já não teria consciência dos seus méritos. Outra recordação como a minha não existe mais.

Ainda tenho muito tempo para ficar na cápsula, vendo a história do Universo passar diante dos meus olhos feito uma cósmica sequência de imagens, até que, dentro de algumas horas, a era da lembrança e da consciência chegue irrevogavelmente ao fim, e, ao pensar nisso, não só por mim, mas por infinitamente mais, continuo na cápsula como se lá me achasse e lá existisse enquanto se pensam tais pensamentos. Não acontece uma única vez, como é habitual nos sonhos, de eu ficar como semidesperto e compreender que se trata de um sonho e continuar sonhando com toda candura. Estou nesta espaçonave depois que um imenso asteroide colidiu com o planeta lá embaixo, lembro-me de todos os detalhes do painel de instrumentos, de todos os monitores e mostradores, e vejo nitidamente Jeff e Hassan à minha frente, conheço-os muito bem, melhor do que todos os outros, conheço as linhas e as contorções da face de cada um, passamos muitas horas juntos na acanhada cápsula, e agora ambos jazem sem vida nas suas poltronas.

Mas a maneira como vivo tudo isso é, por assim dizer, dupla, pois também posso sair da espaçonave e estar com você em todos os lugares em que estivemos, penso, eu tenho algumas grandes vivências extracorpóreas. Isso tudo é inteiramente incoerente e ilógico. Quando estamos juntos na Normandia, lá estamos de verdade. Quando nos abrigamos sob uma saliência de rocha no Hardangervidda e comemos truta assada, nós o fazemos de fato, pois sou capaz de evocar o cheiro do peixe assado. Entre uma coisa e outra não há nenhuma vida, não há tempo cronológico, há apenas um continuum*, uma eternidade, qual uma enorme bacia em que se podem fisgar pequeninas peças de mosaico, não, as peças de mosaico são de vidro colorido e estão encapsuladas num caleidoscópio que eu espio, e nele posso escolher uma recordação em que me concentrar e qual delas reviver.*

Súbito imagino que você ainda está viva lá embaixo, sob a densa camada de fuligem, poeira e carvão. Percebo que talvez seja a única sobrevivente. Afinal é a lógica do sonho, ou melhor, a típica e total falta de lógica do sonho. Imagino que preciso da sua ajuda para descer. Você sobreviveu, quem sabe, por se ter refugiado num dos túneis profundos da Noruega Ocidental. E só você pode me resgatar. Logo vou cair num braço de fiorde sob o glaciar de Jostedal, e você abrirá a cápsula quando ela subir à tona. No sonho é tudo muito simples, basta você pegar o barco a remo e vir me buscar.

Torno a viver a viagem de barco pelo fiorde daquele tempo. Nós nos deitamos na relva perto do antigo celeiro, na outra margem, para tomar sol. Você não queria tomar sol sem sutiã no gramado do hotel. Agora estamos aqui, faz calor, com certeza vinte graus, mas pusemos uma garrafa de refrigerante na água para esfriar. Um pouco mais tarde, remamos de volta e então avistamos os dois golfinhos que vêm pelo fiorde desde Balestrand. Eles circundam algumas vezes o nosso bote e nos enchem de medo, mas logo seguem seu caminho.

Eu dou uma volta após outra ao redor do planeta preto. Dói-me terrivelmente saber que dentro de poucas horas o Universo já não terá nenhuma vida espiritual. Uno as mãos e rezo a um Deus em que não acredito: Por favor, fazei com que tudo volte a ser como era. Por favor, dai-me uma chance ainda. Será que este mundo não merece pelo menos uma chance?

Então ocorre uma coisa engraçada, no cinema não seria possível, mas isto aqui é um gênero completamente diferente, isto aqui é um sonho. Jeff e Hassan se mexem de repente, pestanejam. E agora? Agora a poeira e a fuligem que envolvem a Terra se dissolvem e eu vejo o azul profundo do Atlântico lá embaixo, agora, a grande altitude, estamos a caminho da costa ocidental africana...

Então eu acordo. Não consigo conceber que tenha sido apenas um sonho. O mais estranho de tudo eram Jeff e Hassan. Tão vivos, tão reais, e não tinham semelhança com ninguém que eu conheça na vida real. Resta-me no corpo a mágica percepção de que devem existir realidades paralelas e que tais viagens da alma são verdadeiramente possíveis.

Lá fora, os fiapos de bruma continuam flutuando entre os montes. Mas tenho uma boa vista do fiorde.

Desço e tomo o café da manhã, ainda totalmente mergulhado no meu sonho. Depois saio à varanda com uma xícara cheia até a borda.

E dou com você!!!

6

Sim, comigo. E você não percebe que teve um sonho clarividente?

Bom...

Você tem muito que fazer?

Não, por quê?

Quer dizer, pretende fazer alguma coisa hoje à noite?

Não, pelo contrário. Berit acaba de sair, foi ao teatro com a irmã.

Então a gente bem que podia continuar este diálogo. Niels Petter foi jogar *bridge* com os amigos. Tempo é o que não nos falta. É gostoso ficar aqui, vendo a cidade lá embaixo. O diabo é que não tenho sossego...

Eu estou em casa, no pequeno escritório do primeiro andar. A minha mesa também fica junto à janela com vista para a cidade. Agora a noite desce lentamente sobre Oslo e as luzes da cidade vão ficando mais intensas. Também posso ver as luzes de Ekeberg e Nesodden.

E eu estou olhando para o porto e para a capela do palácio e, bem mais ao longe, vejo a igreja de São João. E também enxergo o quartel dos bombeiros e a prefeitura em frente ao parque Lille Lungegårdsvann.

Mas na véspera, quando cheguei ao velho hotel de madeira, tive a impressão de que ia topar com você a qualquer momento na sala da lareira ou na de jantar. Cada degrau da escada que leva aos quartos do primeiro andar me lembrava você, cada quadro, cada tapete na parede. E a antiga cabine telefônica, lembra-se dela? Ou em outras palavras: o que vi com mais clareza, ao chegar ao Hotel Mundal, foi que você não estava lá. Aonde quer que eu fosse, você não estava. Portanto, não foi milagre sonhar com o tempo em que nós vivíamos juntos. O extraordinário foi você aparecer repentinamente na varanda. É isso que eu chamo de supercoincidência. Mas não foi o fato de você estar lá que me fez sonhar com você.

Não? Durante a noite que você passou na órbita do planeta carbonizado, eu estava dormindo numa cama muito próxima da sua. A julgar pelas circunstâncias do seu sonho, você não acha provável que tenha havido uma osmose entre as nossas mentes? Sabe que a gente, quando sonha, isto é, quando está na fase REM, fica mais predisposta à telepatia e à vidência? Existe uma expressão técnica para designar esse fenômeno: *sonhos paranormais*. Há muita pesquisa de laboratório nesse campo, mas também não falta material antropológico para esclarecer essa matéria. Você já leu a saga clânica islandesa de Gunnlaug, Língua de serpente? Pelo menos, há de se lembrar dos sonhos de José no primeiro livro de Moisés. Todos esses sonhos eram tipicamente clarividentes ou precognitivos.

A saga de Helga, Gunnlaug e Hrafn, a minha mãe a leu para mim quando eu era pequeno. Esqueceu que nasci na Islândia? Mas sei que no mundo todo era comum interpretar os sonhos, quer dizer, para deles fazer uma previsão do futuro.

Pois o seu tinha todas as características típicas do que eu chamaria de sonho *clarividente*. Um sonho revelador. Você não concorda que ele foi incrivelmente compacto e expressivo?

Concordo, claro. Lá mesmo, em Fjellstølen, contei que tinha tido um sonho estranhamente intenso e riquíssimo em conteúdo, e foi no mínimo curioso percorrer com você aquele caminho poucas horas depois de acordar. Ou devo dizer poucas horas depois de você me resgatar no espaço e me trazer para a Terra? Para mim, esse sonho mostra que os anos que nós passamos juntos ainda estão muito vivos dentro de mim e me impregnam, e, de lá para cá, é bem possível que eu tenha tido a sensação de estar meio "em órbita", ou seja, meio por fora em relação à vida que vivi depois de nós. A maioria dos sonhos se abastece dos acontecimentos do dia anterior. E eu tinha passado o dia percorrendo uma paisagem envolta em neblina.

Mas também foi um pesadelo assustador. Como se você quisesse muito acreditar em alguma coisa. A ideia de ser a única consciência no Universo exige contestação. Quer dizer: você pede a si próprio para repelir essa ideia falsa. E nós somos muitos, Steinn. Isto é, muitas almas no Universo. Acredito que somos uma miríade de espíritos. Não sei quantos, é claro, mas estou convencida de que somos muitos, infinitamente muitos: assim como as manchas de sol na superfície do mar num dia de verão.

Lamento, Solrun. Mas com isso eu concordo. Pode me perdoar?

Eu posso mais do que perdoar. Posso agraciá-lo com uma indulgência soberana. Evidentemente, você acha que a matéria sobrevive ao espírito, aliás, do seu sonho se pode depreender que um dia nós faremos deste Universo monstruoso uma sucata inútil. Pois acredito justamente no contrário. A nossa alma é que vai sobreviver a este lixo material. Mas acho que nós concordamos num aspecto: um dia toda a natureza se dissolverá.

Infelizmente, sim. É uma consequência inevitável da segunda lei da termodinâmica.

Mas acontece que não existe nenhum princípio correspondente que diga que o dente do tempo seja capaz de roer isso que você chama de espírito.

Porque nós temos uma alma livre que sobrevive à morte do corpo? Não sei se entendi o que você quer dizer.

Imagine-se passeando no bosque. Você vai por um caminho pelo qual não passa há algumas semanas e, de repente, dá com uma cabana de madeira novinha, que você nunca viu. Não deixa de ser extraordinário uma cabana surgir subitamente, e, quando você está ali parado, olhando, eis que a porta se abre e um homem sai, todo sorridente, de olhos muito azuis e brilhantes, dentes branquíssimos. Um homem praticamente acabado e perfeito. E ele faz uma reverência. Bom dia, bom dia, diz. A cena é surrealista, misteriosa.

E a pergunta é: o que aconteceu? Primeiro foi a cabana que se ergueu por si só, a partir de umas árvores do bosque, para depois criar um homem que a habitasse? Ou, ao contrário, primeiro foi o homem que construiu a cabana para depois nela morar?

Eu quero saber o que lhe parece mais plausível: o primeiro a chegar consistia em espírito ou em matéria? No seu relato de viagem, você conclui que chega até a suspeitar que haja uma relação entre consciência e aquilo que aconteceu "na primeira fração de microssegundo" do Universo. Pois agora eu pergunto, em sua opinião, o que surgiu primeiro: a consciência ou a imensa descarga de energia que se materializou no primeiro segundo?

Você mesmo não argumentou que, "atrás ou fora do tempo e do espaço", algo "talvez tenha produzido a explosão primordial"? São palavras suas. E não seria ridículo conceber o bigue-bangue como o *princípio* de todas as coisas? Isso que nós conhecemos como o grande passe de mágica do mundo pode perfeitamente ter sido uma rigorosíssima continuidade de um estado para outro.

Sei lá. Não lembro mais. Acontece que gente não sabe nada.

No sonho, você estava desesperado. Tinha uma necessidade urgente de se livrar da sua visão de mundo materialista. Chegou até a rezar a um Deus no qual não acredita. Puxa vida, só estando muito desesperado mesmo.

Mas você não vislumbra nenhuma dimensão de conciliação possível? Mesmo depois desse sonho tão rico em conteúdo? Ele é, praticamente, uma prova documental coerente do fato de você ter uma vida espiritual extraordinariamente ativa. Além disso, você foi atendido. Isso só pode significar que você duvida inconscientemente do seu ateísmo.

Você nunca teve uma *vivência*, Steinn? Nunca vivenciou nada que se pudesse interpretar como indicação de algo espiritual ou transcendental?

São só dez horas, e ainda vou ficar muito tempo acordada.

Sim, eu tive uma vivência, algo que aconteceu certa vez nos anos 1970. Eu queria falar nisso naquele dia de julho em que estivemos nas ruínas do tal chalé, mas primeiro precisava tentar me livrar daquele sonho tão impressionante. Então apareceram as novilhas, e você sabe muito bem por que nós não conversamos muito na descida. Chega a ser constrangedor ter de admitir isso na nossa idade, creio que nós o dissemos, mas, sabe, foi algo que nos deixou um tanto perplexos um com o outro. Súbito não houve mais o que dizer. Por isso propus que pelo menos começássemos a trocar e-mails. Você decerto se lembra do que eu disse quando chegamos à arena de tiro e ao celeiro vermelho, lá embaixo. Depois, quando encontramos o seu marido naquela livraria, já não tivemos possibilidade de conversar. Até pensei que os três podíamos encerrar o nosso encontro com uma xícara de café, mas nem isso foi possível.

Só um ano inteiro depois de partir foi que você voltou a entrar em contato. Pediu-me que empacotasse os seus pertences e os enviasse para Bergen. Não foi tarefa das mais simples, coisa, aliás, que você mesma mencionou na sua carta, pois havíamos comprado juntos a maioria das coisas que possuíamos. Tínhamos dezenove quando nos mudamos para aquele apartamento, e, cinco anos depois, não achei nada fácil traçar um limite entre o seu e o meu. Mas acredito que fui generoso e você não saiu prejudicada. Muitas coisas tinham valor puramente sentimental, e eu sabia por quais você tinha mais apego, embora isso não queira dizer que aquelas que um estima não sejam importantes para o outro, quase sempre se dá justamente o contrário. Lembra do sino de vidro que nós compramos em Småland na ocasião em que estivemos em Schonen? Eu também gostava muito dele, mas, mesmo assim, embrulhei-o com todo cuidado em papel de seda e o despachei. Tomara que tenha sobrevivido ao transporte e continue intacto.

Eu soube da história de um casal que resolveu se separar; convencidos de que era a melhor coisa a fazer, os dois se puseram a repartir os livros da maneira mais justa possível. Mas logo perceberam que um sempre queria o livro que o outro havia escolhido. Isso foi ficando claro à medida que tentavam dividi-los, e então eles começaram a conversar sobre algumas obras e perceberam que eram muito parecidos para se separar. Os dois continuam juntos até hoje e consideram o motivo que os levou a pensar em separação como um episódio absolutamente insignificante.

No nosso caso, os livros também tiveram um papel importante, mas com sinal invertido. Penso em toda a sua biblioteca sobre essas coisas, mas principalmente num livro especial, e você sabe a qual me refiro. Às vezes, um único livro tem mais dinamite do que todo um "episódio".

Quando empacotei e enviei tudo, foi como se tivesse selado o divórcio. E não precisamos de nenhum papel, nem para morar juntos nem para nos separar.

Mas, naquela manhã, depois de ir ao correio e despachar as três caixas de papelão, não tive coragem de voltar para casa. Entrei no fusca e fui para Ringvei, depois desci até Drammensvei, tal como nós dois podíamos ter feito, pois só descobri aonde eu queria ir quando passei por Sandvika a caminho de Sollihøgda e Hønefoss.

Cinco horas depois, cheguei a Haugastøl. Segui um pouco mais para o sul, subi o Hardangervidda e fui parar na nossa antiga morada. Zanzei um pouco por lá e fiquei muito tempo sentado em frente à caverna, só então peguei o carro e voltei para casa.

A morada continuava como se tivéssemos saído de lá no dia anterior. Engatinhei pela caverna e achei o nosso acampamento, onde nós deixamos a pele de cordeiro não curtida. Você achava que talvez o dono cobrasse indenização se alguém achasse a pele quando fosse recolher os carneiros. Afinal, você sempre fazia questão de pagar tudo. Mas a pele continuava no mesmo lugar.

Não digo que a fogueira ainda fumegasse, mas os restos carbonizados de cipreste e amora-branca estavam lá, entre as pedras, tal como os deixamos. Encontrei muitos outros vestígios da nossa presença. Mais ou menos sistematicamente, fiz um pouco de arqueologia erótica. Você esqueceu uma luva verde, além de uma moeda de cinco coroas e uma presilha de metal, mas essa presilha não era uma transgressão da nossa regra da Idade da Pedra? Não tenho registro de você usando-a, talvez simplesmente tivesse caído do bolso, nós fomos ficando cada vez mais parecidos com João Felpudo, mesmo porque o sabonete e o xampu estavam na lista negra, em vez de sabonete, usávamos bétula-anã, líquen e musgo. Também achei os anzóis improvisados e até me envergonhei de termos espalhado espinha de peixe fora da caverna, mas aposto que faziam a mesma coisa nas imediações da famosa caverna de Cro-Magnon. Pelo menos era o que nós achávamos. Tínhamos todo o direito de ser um pouco desleixados, dizíamos. Achávamos importante viver com o máximo de autenticidade possível. Éramos humanos, mas acabávamos de fazer a transição de bicho para gente, por isso não podíamos ser tão cheios de dedos, precisávamos ser um pouco rudes e descuidados.

E então, de repente — pois acontece bruscamente —, tenho a sensação de perder o controle e de me fundir com a paisagem que nos cerca. Que isso aconteça justo aqui e agora me parece uma casualidade, pois não se trata de algo que eu faça de propósito. Sou cabalmente tomado pela ideia de que isto que todo dia designo mentalmente como "eu" e "meu" não existe mais, não passava de uma ilusão.

Eu me perco e não vivencio isso como uma perda, parece-me algo apenas libertador e enriquecedor, pois percebo de pronto que sou muito mais do que este ego miserável com o qual tanto me preocupei até agora. Eu não sou apenas eu. Nada mais simples que isso. Também sou todo o platô que me cerca, toda a terra, sim, tudo quanto existe, desde o mais ínfimo pulgão até as galáxias no céu. É tudo eu, porque eu sou tudo.

Completamente indescritível é o estado de consciência em que me encontro. Sinto e sei que sou a pedra em que estou sentado — e aquela ali atrás e a outra mais além e a outra e todas as urzes, todos os empetros, todas as bétulas anãs com que me cobri. Então ouço o terrivelmente melancólico canto nupcial, mas ele também é eu, eu canto, eu chamo a minha própria atenção.

Sorrio. Sob uma turbulenta superfície de sensações, vontade e desejo, sempre tive uma identidade, uma coisa muda, quieta e parente de tudo, uma coisa que existe, e agora, tal como a percebo, a agitada superfície também se aquieta. Caí no maior conto do vigário do mundo, acreditar que "eu" podia ser alguém totalmente separado dos demais. Mas não vivencio nada transcendental. Pelo contrário, é tudo radicalmente terrestre.

Tive uma intensa experiência de atemporalidade. Posto que não possa dizer que me sinto arrancado do tempo, devo dizer, talvez, que me sinto enfiado no tempo, não só cravado no momento atual como fincado em todos os tempos. Pois vivo não só a minha vida, estou não só aqui e agora, estou também no antes, no agora e no depois. Cresço e vou ficando maior em todas as extremidades, coisa que sempre hei de fazer, porque tudo é um e um e tudo sou eu.

E tudo continua fluindo, já que descrevo uma vivência fugaz. Senti um sopro feliz de eternidade, de tudo quanto existe antes e depois de mim, embora a vivência em si dure apenas alguns segundos. Mas retiro desse estado uma percepção totalmente nova, uma dimensão que sei que hei de levar comigo o resto da vida.

Essa foi a vivência ou o estado de consciência. Ainda que eu tenha tentado apresentar uma experiência genuína, retrospectivamente, considero possível, até certo grau, chegar à mesma percepção através do mero pensamento.

Nós gostamos de dizer que estamos no *mundo,* no *Universo ou* no *globo terrestre. Sim, sem dúvida. Mas não seria um jogo tentador, para não dizer um exercício de libertação, simplesmente abandonar essa proposição enfadonha? Eu* sou *o mundo. Eu* sou *o Universo.*

Lá no alto do platô, cheguei a um estado de consciência quase indescritível. Mas o que vivenciei era verdadeiro. *Eu ser o mundo — essa é a grande verdade.*

O que você acha? Também consegue reconhecer uma esperança de conciliação no eixo que acabo de apresentar? Consegue se alegrar com a ideia de que, daqui a 100 mil ou 1 milhão de anos, as lebres, os tetrazes e as renas continuarão pastando no Hardangervidda? Mas pode ao mesmo tempo sentir que, de certo modo, você é *essa diversidade que existirá depois de você? Tal consciência pode lhe dar uma fagulha de paz de espírito, talvez algo como a ideia etérea de que o seu pequeno "eu" sobreviverá à sua existência terrena como "espírito" no paraíso das almas?*

Imagine o seguinte dilema: há dois botões na mesa à sua frente. Se apertar um deles, você morre imediatamente e não há nenhuma existência depois desta, mas, em compensação, a humanidade e toda a vida neste planeta continuarão existindo num futuro a perder de vista. Quer dizer, durante incontáveis gerações haverá menininhas saltitando em ilhotas e recifes, tal como você fazia lá pelo fim da década de 1950. Sabe, chego até a vê-las. Tenho a sensação de que ali adiante, passando a curva, o mundo fervilha de seres humanos. Mas há outro botão na mesa, e, se o apertar, você viverá maravilhosamente bem até os cento e poucos anos. Mas, em compensação, e este é o dilema, toda a humanidade e toda vida na Terra morrerão com você.

Que decisão tomar?

Creio que eu não hesitaria em escolher a primeira alternativa. E, com isso, não pretendo me atribuir nenhuma santidade, nenhum espírito de sacrifício. Acontece que eu não sou só eu e não vivo unicamente a minha vida. Examinando bem, também sou a humanidade inteira, e tomara que ela continue florescendo depois de mim, trata-se realmente de um desejo egoísta, pois muito daquilo que concebo como eu *está ancorado em algo exterior ao meu corpo. Quanto a isso, nós até concordamos. Eu não sou somente este corpo. Nem tudo existe e deixa de existir com ele.*

Hoje em dia, levam-nos constantemente a acreditar que o nosso ego é o centro do Universo. Mas não é estressante viver assim? Quer dizer, com a perspectiva de que o centro do Universo só tem mais alguns anos ou algumas décadas de vida?

Lá no alto do platô, vivi uma libertação espiritual. Senti-me alforriado de uma escravidão egocêntrica. Foi como quebrar uma grilheta, a grilheta do eu ou do ego.

Mas ainda tenho o que contar.

Quando voltei para o carro, deviam ser umas quatro horas, ocorreu-me seguir mais um pouco rumo a oeste em vez de voltar imediatamente para Oslo. Logo deixaria atrás o Hardangervidda e então podia descer até Møbedalen; tomei a balsa em Kinsarvik, atravessei o fiorde e segui até Norheimsund, passando por Kvamskogen e Arna. Lá achei que era melhor dar meia-volta, pois estava anoitecendo e eu tinha mais de quatrocentos quilômetros pela frente até a minha casa em Kringsjå.

Mas não pude voltar, estando tão perto de você, por isso entrei na cidade e estacionei o fusca vermelho em Nordnes. Depois fiquei perambulando pelas ruas. Era um absurdo, isso até me passou pela cabeça quando eu estava sentado no Hardangerfjord, pois podia ter trazido as caixas de papelão em vez de despachá-las pelo correio. Que burrice a minha, se estivesse com as caixas no carro, teria um ótimo pretexto para visitá-la.

Mas eu estava certo de que logo toparia com você na cidade, afinal, fizera uma longa viagem. Virei uma esquina e, como você não estava lá, fiquei convencido de que bastava virar a esquina seguinte para encontrá-la. No fim, subi até Skansen e passei algum tempo andando por lá, de um lado para outro, estive duas vezes perto do apartamento dos seus pais em Søndre Blekevei, mas não podia me plantar em frente à casa, seria muito melodramático, e também não tive coragem de tocar a campainha. Fiquei com medo de envolver os seus velhos.

Pensei que você certamente não demoraria a sair para um passeio e então perceberia onde eu estava e quando eu ia aparecer: bastava recorrer aos seus dons e sair e me achar. Mas você não tinha esses dons, Solrun, pelo menos não os teve naquela noite. Caso estivesse mesmo em casa, afinal, podia muito bem estar em Roma ou em Paris. Começou a chover. Dinheiro para hotel eu não tinha, voltei a Nordnes e continuei com a sensação de precisar encontrá-la antes de chegar ao carro. Mas não me restou senão entrar sozinho no fusca, molhado de chuva como estava. Pus a chave no contato e liguei o motor, mas a batalha ainda não estava perdida, pois eu a procurei antes de sair da cidade, você podia ter ido visitar uma amiga e agora estar voltando para casa. Ainda em Nordheimsund, avistei um vulto que lembrava o seu. Mas não. Atravessei o fiorde e, na manhã seguinte, estava em casa em Kringsjå. Fechei-me lá dentro e chorei. Bebi e dormi.

A nossa separação foi cirúrgica e sem anestesia.

Sim, Steinn...

Quando escrevi aquela carta, cheguei a ter um fio de esperança de que, em vez de mandar as coisas pelo correio, você as pusesse no carro e viesse pelas montanhas. Era a nossa última chance. Claro que pensei muito em você nos dias seguintes e, numa noite, imaginei-o infeliz, perambulando em Bergen. Imaginei que as coisas estivessem no fusca vermelho, mas que lhe faltasse coragem para vir entregá-las pessoalmente. Então saí à rua. Estava chovendo, e entrei correndo para pegar o guarda-chuva, mas também senti uma grande urgência de procurá-lo. Fui ao mercado de peixes e depois subi à Torgallmenningen, segui até Engen e estive em Nøstet e também em Nordnes. Mas não o encontrei em parte alguma. Obviamente, não tinha certeza absoluta de que você havia estado em Bergen naquela noite, mas estava convencida de que pensara intensamente em mim naquela noite, e sabia que nós ainda nos amávamos.

Mas primeiro transcorreu um ano; depois, muitos anos. Se não me falha a memória, creio que, por decência, eu lhe comuniquei brevemente que ia morar com Niels Petter e, anos depois, ouvi dizer em Oslo que você conhecera a sua Berit. Curiosamente, não fiquei contente ao saber disso. Fiquei foi com ciúme.

Agora me parece esquisitíssimo saber que você esteve na nossa "morada". Pode ter certeza de que não usei nenhuma presilha lá, deve ter caído do bolso do meu anoraque, e a moeda de cinco coroas também poderia ser sua.

Não achou nenhuma bituca? Lembra? Nós combinamos de não levar cigarros à Idade da Pedra. Tivemos de parar de fumar de uma hora para outra, pelo menos no período que passássemos lá em cima. Mas um dia, quando você voltou da pescaria, eu senti claramente cheiro de cigarro e descobri que tinha fumado escondido, pois do meu beijo você não pôde escapar. E confessou imediatamente e se sentiu terrivelmente culpado. Ficou chateado, Steinn. Entregou-me o maço de cigarros, e ele foi parar na fogueira naquela mesma noite.

Mas o que você acha da experiência que tive no platô um ano depois?

Sim, eu entendo, percebo, acredito no que você descreve, e talvez essa sua vivência não seja incompatível com as coisas em que creio. Pois, na matéria, tudo é um — com sólidas raízes que remontam à sua famosa explosão primordial. Mas nós não somos acima de tudo indivíduos incomparáveis? Não somos pessoas singularíssimas, únicas? Era o que dizíamos naquele tempo. Hoje eu digo que também somos seres espirituais.

Obviamente, pode parecer jocosa a ideia de os átomos e moléculas que o meu corpo deixar acabarem entrando numa lebre ou numa raposa. Mas, para mim, não passa mesmo disso, de uma ideia jocosa. Pois eu não existirei mais, Steinn! Entende? Essa era a ideia que eu não podia tolerar naquela época. A de eu ser eu apenas por pouco tempo. Queria estar aqui para ficar! E agora tenho uma esperança maravilhosa, assim como você tem uma crença maravilhosa.

Não pretendo minimizar o significado da sua bela experiência no platô um ano depois da minha partida. Mas tenho minhas dúvidas, não sei até que ponto você está realmente conciliado com essa perspectiva panteísta que agora menciona e também não sei se merece confiança quando escreve sobre os dois botões que precisa escolher. No sonho, você fez exatamente o contrário. Sacrificou o futuro da humanidade inteira para ganhar umas horinhas de vida. E, como se não bastasse, matou os seus dois companheiros para ficar com o oxigênio deles e, assim, passar mais algumas horas na espaçonave, refletindo-se na sua consciência.

Mas foi um sonho. Por acaso você nunca fez, em sonhos, algo que jamais faria na realidade?

Claro que sim, e sei perfeitamente que você é sensato. Aliás, foi muito sensata a maneira como devolveu as minhas coisas naquela ocasião. E, de fato, não fez questão de ficar com nada, foi realmente generoso. Em todo caso, o que me tranquilizou foi você ter ficado com o fusca, coisa que nem chegou a ser objeto de discussão, afinal de contas, nem carta de motorista eu tinha. E, naquela vez, quem bancou o conserto do para-lama e do farol foi você.

O velho sino de vidro está aqui, no peitoril da janela, e agora o estou erguendo e tocando com a mão esquerda. Ouviu?

Ouvi! E não me esqueço de Småland. Daqueles dois cisnes brancos nadando lado a lado no pequeno lago de caniços. Você apontou para eles e disse que eram você e eu, que o que estávamos vendo na água lisa como um espelho era a nossa alma. Lembra? E passei o braço pelo seu ombro e expressei outra ideia igualmente cálida e terna. Disse que eram a alma do mundo. Aqueles que estavam nadando ali eram a alma do mundo, mesmo que não o soubessem.

Sempre fui um romântico da natureza. Você também. Mas, por outro lado, você se sentia ameaçada *pela natureza.*

Berit já está dormindo. Você ainda vai escrever hoje?

Eu me lembro dos cisnes. E me lembro de que não conseguimos chegar a um acordo quanto ao que eles simbolizavam. Vou continuar escrevendo, sim, envio mensagem ainda hoje. Mas não precisa ficar acordado. Vá dormir, Steinn, deixe para ler amanhã.

Nem pensar. Vamos singrar a madrugada juntos.

O quê? Espero que você não tenha bebido nada.

Calma. Por acaso eu disse alguma coisa indecente? Continue escrevendo. Vou ficar acordado.

Vou tentar ser sucinta, pois muito do que pretendo dizer você já sabe.

Eu tinha dez ou onze anos quando fui passar umas remotíssimas férias de verão em Ytre Sola e, de repente, uma andorinha entrou de cara na vidraça da janela da sala da minha avó. Vovó disse que era melhor esperar um pouco, pois às vezes aqueles passarinhos apenas desmaiavam e, quinze minutos ou meia hora depois, voltavam a si e continuavam voando. Ela disse que aquelas aves às vezes ganhavam vida, uma vida após a morte, porque era evidente que a andorinha estava morta, mas, de repente, voltava a voar. Mas passou o dia, passou a noite e, na tarde seguinte, a andorinha continuava jogada no mesmo lugar, como uma coisa imprestável, e tive de enterrá-la, coisa que fiz sozinha, os meus pais estavam em Bergen, e, embora eu achasse que a minha avó podia me ajudar, ela decretou que enterro de passarinho era tarefa de criança, você e eu conversamos sobre isso algumas vezes, quando eu tinha os meus chiliques.

Mas, desde então, desde os dez ou onze anos, ficou dentro de mim a percepção intensa de que eu não passava de um passarinho desgrenhado como aquele, de que eu era *natureza*. Acabava de deixar atrás o tempo da inocência e da folgança.

Sim, Steinn, é delicioso pensar que neste mundo continuam nascendo crianças que podem viver um longo tempo saturado de instante, sem consciência da morte, sem tristeza nem medo. Para mim, essa vida chegou ao fim quando eu tinha dez ou onze anos, ou pelo menos deu uma guinada inesperada. Muito antes de chegar à puberdade, tive um medo terrível e, de certo modo, afastei-me um pouco deste mundo, em todo caso, comecei a me afastar.

Depois fui para Oslo e o conheci, o tempo decorrido entre uma coisa e outra não teve importância, ele figura na minha memória como uma série interminável de aulas de piano, de tênis e muito estudo para o colégio, e, na última fase, acompanhada de uma dose de flertes e pileques. Mas você se encontrou na minha dor, pois também tinha a sua chaga ou, digamos, o seu recolhimento. Tal como eu, sabia que, para gente como nós, não existe nenhuma outra esperança a não ser o viver aqui e agora. Foi completamente nus e indefesos que nós nos entregamos um ao outro, e só podíamos nos superexcitar com êxtase e natureza, coisa, aliás, que durante algum tempo serviu para barrar todas as ideias que entretínhamos sobre aonde haveríamos de chegar no fim.

Mas eu tinha permanentemente uma imagem dualista da existência, e isso também me acompanhava desde aquele verão na casa da minha avó. A minha experiência dizia que nós somos antes de tudo almas, e as necessidades físicas que sempre nos inflamam, mas que podem ser facilmente saciadas, eram algo muito diferente, algo que nos ligava como homem e mulher e nos contentava nos momentos mais ardentes, mas que, no fundo do coração, nós considerávamos como inseguro e superficial. Você não sentia isso na época?

Eu era tomada de uma alegria mais profunda que a Fossa das Marianas quando você se colocava atrás de mim, punha a mão na minha testa, bafejava na minha nuca, levantava um pouco o meu cabelo e me cochichava ao ouvido: Oi, alma. Nessas ocasiões, você não queria apenas dormir comigo, mas isso também não era tão raro assim. Sabe, naquele tempo, você realmente conversava com a minha alma, abria uma lucarna numa categoria totalmente diferente, para o espírito, e a minha alma respondia. Via de regra, eu só dizia: Steinn... e era suficiente. Que mais se pode dizer de alma para alma? Mais perto de você eu não podia chegar.

Então houve aquele pressentimento, Steinn. Acho importante lembrar. Muito amiúde, acontecia de você abrir a porta do apartamento de Kringsjå meia hora antes de chegar de fato. Nas primeiras vezes em que o ouvi entrar, eu tinha certeza de que era você, corria para recebê-lo, às vezes também para levá-lo para o quarto imediatamente, mesmo porque era justamente isso que havia planejado. Mas, com o tempo, entendi que era apenas um pressentimento, um aviso de que você "ia chegar". Esses sinais não deixavam de ser bem práticos. Eu tinha tempo de pôr a mesa e preparar uma comida gostosa, ou podia me arrumar um pouco para seduzi-lo — isso eu conseguia toda vez que tentava de verdade —, você com certeza ainda se lembra daquelas noites de inverno em que chegava em casa e dava com as velas acesas e o quarto já aquecido, sim, você sabia o que o esperava, chamava aquilo de sauna do amor e sorria, cheio de expectativa. Mas, Steinn, eu menciono tal coisa só para lembrá-lo que a minha propensão a isso que você hoje chama de ocultismo era uma realidade vivíssima para mim, pelo menos enquanto nós dois nos conhecemos.

Ainda não é tudo. Nós acordamos juntos num dia de maio de 1976, não muito antes da nossa viagem pelas montanhas, do nosso passeio no Jøstedalsbreen. Eu tinha sonhado e, agitada, virei-me e o encarei. Você levou um susto com a insistência do meu olhar. Será que eu ia ter mais um faniquito?

E perguntou: O que foi?

E eu respondi: Sonhei que Bjørneboe morreu.

Besteira, foi a sua resposta, você sempre considerou essas premonições uma grande besteira.

Mas eu teimei. Não, eu *sei* que Jens Bjørneboe morreu. Steinn, eu disse, ele não aguentava mais.

E comecei a chorar. Nós acabávamos de ler seu livro *O sonho e a roda* sobre Ragnhild Jølsen. Tínhamos lido quase tudo de Bjørneboe. Você ficou irritado, foi até a cozinha e ligou o rádio, e o noticiário começou quase imediatamente. A notícia mais importante era a da morte de Jens Bjørneboe. Assustado, você voltou para a cama e tornou a se aninhar em mim.

E disse: O que está acontecendo, Solrun? Pare com isso. Você me dá medo.

Sim, naquele tempo eu tinha essas experiências "videntes" com mais frequência que hoje. Mas à medida que a sua alma ou o seu "presságio" ou o seu "aviso" continuava chegando em casa meia hora antes de você, ou à medida que eu tinha sonhos precognitivos cuja confirmação clara nós dois recebíamos na tarde seguinte, fui aceitando cada vez mais a ideia de que nós, seres humanos, realmente temos uma alma livre, quer dizer, independente do corpo que ora habitamos.

Mas isso não bastou para me reconciliar com o meu destino de "hóspede da realidade". Eu chorava, e você era durão, aguentava tudo comigo. Num dia de setembro, tive mais um chilique, você lembra, a gente ficou de se encontrar em frente ao auditório da Casa de Sophus Bugge depois da aula de Edvard Beyers sobre Wergeland, e você me consolou muito, o mais que pôde. Depois se limitou a dizer: Hoje você vai ser a rainha da noite no Café do Teatro.

Essas coisas a gente não podia bancar, mas fazia pouco tempo que tínhamos recebido a bolsa de estudos, de modo que passamos a noite no Café do Teatro. E tive direito a duas sobremesas! Você foi tão meigo. Mas estava ficando cada vez mais cético. Para mim, cada vez mais frio. Nunca chegou a ser agressivo comigo. Mas se transformou num cínico, digo-o em sentido cognitivo. Pois é, a sua amargura tomou esse rumo, e a minha preferiu outro. O rumo da esperança.

Telepatia, percepção extrassensorial ou vidência já eram fenômenos genuínos para mim bem antes de eu ouvir o seu primeiro presságio. Eu o ouvia chegar. Você não chegava. Mas depois chegava.

Quando nós achamos aquele livro, o terreno já estava arado. De modo que, poucas horas depois, não cheguei despreparada ao encontro com a mulher amora. Estava no fim do caminho. Em algum lugar tinha de haver uma solução, uma redenção...

O que é o ser humano, Steinn? Quantas vezes você pensa que, por baixo da fina película da epiderme sensível ao toque, a sua coxa ou o seu antebraço são de *carne e osso*? Já tentou imaginar a aparência dos seus intestinos? Quer dizer, por dentro! E por acaso eles são *você*? Onde ancorar essa coisa que hoje é o seu sujeito real, que diz *eu*, que sonha e pensa? Na vesícula biliar ou no baço? No coração ou nos rins? Ou será que não vale mais a pena procurar esse ancoradouro na alma, no espírito, naquilo que *é*, já que tudo o mais não passa de um tiquetaque do relógio, de um grão de areia na ampulheta? Lama e lodo, caso você queira saber.

Agora vou retornar à penúltima noite no antigo hotel de madeira; na manhã seguinte, a filha do dono nos pediria que ficássemos meia hora com suas três filhas para que ela pudesse ir ao banco.

Tínhamos tomado a nossa aguardente de maçã e já estávamos pensando em ir dormir. Mas ainda passamos pelo salão de bilhar e jogamos uma partida, acho esquisito pensar que as mesmas três bolas de marfim continuem rolando no feltro verde. Quantas vezes uma já bateu na outra?

O salão de bilhar também servia de biblioteca e bar, e, depois de eu marcar dez pontos contra os seus modestos oito, nós fomos examinar as estantes como fazíamos toda tarde ou toda noite. Era uma variedade de livros tremendamente exígua ou seletiva, todos eles velhíssimos, sendo que a maioria entrava nas categorias geografia, geologia e glaciologia. Mas eis que de repente — nós como contraparte espiritual — eu descubro aquele livro, *O livro dos espíritos*, publicado em 1893 em Christiania, só dois anos depois da construção do velho hotel. Tratava-se de uma tradução do francês, e o título original era *Le livre des esprits*, publicado em Paris em 1857.

Foi na véspera do nosso encontro com a mulher amora. Nós começamos a folheá-lo ali mesmo, no salão de bilhar, eu li algumas frases para você antes de levar o livro para o quarto. No começo, até que foi divertido, confesso, um lendo em voz alta para o outro. No entanto, embora escrito por uma pessoa de carne e osso, o texto era um manifesto coerente e singular do mundo dos espíritos. Continha uma antologia de declarações de almas de mortos colhidas por gente viva em sessões espíritas. Lembro que naquela noite, bem no fim, você pôs o livro no criado-mudo e me segredou o seguinte: mais vale uma mulher viva nos braços que dez almas voando. E reconheço que me deixei seduzir. Já era madrugada.

Mas, desde então, uma semente ficou plantada em mim. Em poucas semanas, virei espírita. Essa passou a ser a minha fé e passou a ser o meu sossego, a minha paz de espírito.

Na tarde seguinte, nós topamos com a mulher amora. É uma ideia estranha. Mas, no fundo, você não acredita que, quando a gente se dispõe a se abrir para alguma coisa, algo se abre para a gente?

Afinal de contas, o passarinho não entra na casa quando as janelas estão fechadas. Ele se choca contra a vidraça.

Mas, quando nós conhecemos fenômenos como presságio, telepatia, vidência ou sonho precognitivo, percebemos que, além do corpo que habitamos, existem almas pertencentes a uma *ordem* totalmente diferente da material. Para mim, foi muito curto o caminho da crença na imortalidade.

Mas como estão as coisas aí em Oslo? Você pegou no sono?

Não, estou lendo. São quase duas horas. Você continua teclando?

Continuo.

Difícil de acreditar. Você encontrou mesmo uma redenção, heim? Achou uma salvação para a sua alma amedrontada... só posso invejá-la, pois estou passando frio aqui do lado de fora da sua nova fé.

Mas ainda não desisti totalmente de levá-lo comigo. Vou lhe dar uma coisa, Steinn. Prometo. Um dia eu o convencerei.

Não vou fazer nada para impedi-la. Talvez eu não acredite tanto assim no meu panteísmo. Mas vamos dormir...

Sim, vamos dormir. Veja só, agora você disse isso *antes* de mim.

Boa noite.

Boa noite.

Só mais uma coisa. Eu reservei todo o dia de amanhã para contar exatamente o que nos aconteceu trinta anos atrás. Primeiro preciso dormir algumas horas, e amanhã começo a escrever o mais cedo possível. Vou enviando trechos no decorrer do dia. Enquanto você se encarrega de se lembrar de toda a história do Universo, um de nós pode tratar de recordar o que vivemos há mais de três décadas. Combinado? Será que agora somos maduros o bastante para dizer com palavras o que se passou?

Vamos arriscar. Uma vez, nós prometemos nunca mais mexer com isso, mas agora acho que podemos cancelar esse pacto de silêncio.

Sabe o que eu estive bebericando o tempo todo?

Calvados! Dá para sentir o cheiro até aqui. Aguardente de maçã...

Impressionante. Você tem mesmo um dom especial. Durma bem. Amanhã a gente continua.

Durma bem!

7

Numa tarde do fim de maio de 1976, eu estou em Kringsjå, à janela do quarto. A janela está aberta, faz tempo bom, e aspiro a doce fragrância da primavera. Não sei se o que absorvo é o perfume do ano novo ou o cheiro agridoce do ano passado, mas é impossível farejar os brotos frescos das árvores, por isso decido que deve ser a terra úmida, pois é na terra gorda do ano passado que nascem os novos rebentos. Vejo uma agácia irrequieta num arbusto e um gato tentando caçar a agácia. Ela me lembra uma vez mais o passarinho que enterrei em Solund, e volto a provar aquela sensação intensa de ser natureza, na época eu não era outra coisa mesmo, e agora acontece outra vez: tenho um chilique. Primeiro fico com os olhos cheios de lágrimas e, logo depois, sou acometida de uma forte dor de cabeça. Então começo a chorar, creio, sendo que primeiro deixo escapar um consternado grunhido. Você já percebeu o que está acontecendo, pois o ouço entrar no quarto, passar pelo *Castelo nos Pirineus*, mas, antes que você me toque, eu me viro e o encaro. Um dia nós não existiremos mais!, digo entre soluços, entre gemidos. E continuo chorando, apesar de deixar que você me console. É presumível que você reflita intensamente e talvez conclua que, desta vez, a desprezível sugestão de dar uma ou duas voltas ao redor do Sognsvann não basta. Creio que me lembro literalmente do que me disse um minuto depois de me envolver nos braços, você sempre passava a mão esquerda no meu cabelo e pousava a direita nas minhas costas. Há muitas maneiras de abraçar uma mulher, essa era a sua.

Agora enxugue as lágrimas, pediu. Vamos esquiar no Jøstedalsbreen.

Meia hora depois, estávamos no carro, os esquis na capota e as mochilas no porta-malas. O nosso último projeto maluco tinha sido o episódio do casal de trogloditas no Hardangervidda no verão anterior. Agora o sol estava alto novamente, e novamente se abria a temporada de aventuras. Puxa, como eram maravilhosas as nossas aventuras!

Sim, o meu estado de espírito variava terrivelmente num só dia. Antes de chegarmos a Sollihøgda, eu já estava eufórica. Você também. Nós éramos tão *felizes*, Steinn. Eu dizia que no mundo não havia duas pessoas que se conhecessem melhor do que você e eu. Vivíamos juntos desde os dezenove, ou seja, fazia cinco anos inteiros, e já começávamos a dizer que estávamos ficando velhos. Hoje é possível que essa ideia magoe um pouco, pois ainda éramos muito jovens e tínhamos a vida toda pela frente. Foi há trinta e um anos.

Nós tínhamos um fusca vermelho e, quando estávamos a caminho de Sundvollen, gracejamos que não éramos só homem e mulher, mas também duas andorinhas a voar em círculos no alto dos abetos para ver o fusca vermelho pela perspectiva dos pássaros. Lembra disso? Depois tivemos a sensação de nos ver mesmo, pouco antes do começo de junho, a zigue-zaguear na paisagem com os esquis na capota. E sabíamos que, naquele momento, o mais luminoso encontro do globo terrestre ocorria dentro do nosso fusca. Nós pagamos o carro com o dinheiro de dois anos de trabalho nas férias de verão.

Na altura de Krøderen e em Hallingdal, ficamos fartos de conversar — afinal, tínhamos falado de tudo! — e, a partir de Bromma, aconteceu de ficarmos no mínimo um ou dois minutos calados. Mas estávamos vendo as mesmas coisas, não havia necessidade de comentar tudo quanto víamos. Chegamos a passar nada menos que quatro ou cinco minutos sem falar, mas então um de nós espirrou, e é claro que os dois caímos na gargalhada. E voltamos a tagarelar.

Viajamos e viajamos, mas agora eis que Hemsedal e a Noruega Ocidental surgiram à nossa frente. No alto de Hemsedal, avistamos um enorme caminhão com chapa estrangeira num estacionamento do lado direito da estrada. Nós falamos muito nisso nas semanas seguintes. Alguns quilômetros mais adiante, reparamos numa mulher que ia pela estrada que acompanhava a montanha, na mesma direção para a qual nós dirigíamos. Veja, você disse. E então: Você viu?

Era tarde e nos chamou a atenção que uma mulher caminhasse sozinha àquela hora. Só não paramos para oferecer carona porque ela não andava propriamente pela estrada, e sim num caminho de pedestres alguns metros à direita da pista, e porque avançava com muita determinação entre as urzes dos morros. Estava de terninho cinzento e com um lenço rosado nos ombros. Foi uma visão pitoresca, e até hoje tenho diante dos olhos, como uma cena de filme, a imagem dessa mulher de lenço cor-de-rosa no azul da noite de verão. Sei lá por quê, ia com passos rápidos e enérgicos pela chapada, não, Steinn, a mulher queria era transpor a montanha. Também estava a caminho da Noruega Ocidental. Você diminuiu a velocidade e, ao passar por ela, os dois olhamos para o lado. Nos dias que se seguiram, nós concordamos plenamente quanto à sua aparência. Uma mulher coroa. Uma mulher de meia-idade com um lenço rosado nos ombros. Ou então dizíamos: uma senhora beirando os cinquenta...

Mas será que você já acordou, Steinn? Que também levantou cedo? Nestas horas que passo no quarto amarelo, escrevendo sem parar, você precisa ficar perto de mim. Há nada menos que uma geração, nós nos prometemos nunca mais falar no que aconteceu lá no alto da serra. Mas agora nos desobrigamos desse pacto.

Eu estou aqui. É muito cedo, mas já estou na cozinha com um espresso duplo. Leio tudo à medida que vai chegando. É o que pretendo fazer o dia inteiro, vou ficar on-line. Daqui a pouco, vou para o escritório com o laptop. Creio que é a primeira vez que saio de casa tão cedo, mal começou a clarear. Berit ainda está dormindo, e vou deixar um bilhete dizendo que acordei cedo e não consegui mais pegar no sono. Tenho muito que fazer, preciso escrever.

Mas continue, eu estou interessadíssimo. A sua memória é bem melhor que a minha.

Lá em Hemsedal, você já estava irritado porque a gente arriscava não encontrar leito naquela noite, no entanto, de uma hora para outra, pôs na cabeça que *me* queria, isso logo depois de passarmos pela mulher do lenço cor-de-rosa. No começo, foi apenas piada, conversa mole, creio, mas, pouco a pouco, foi ficando cada vez mais atrevido e impertinente, e eu até achei graça, mas você avistou um desvio e avançou alguns metros por uma trilha no bosque, à beira de um rio. O tempo estava seco, e imaginei que você quisesse me seduzir nas urzes entre as árvores. Mas fazia frio, e os seus planos eram bem outros. Coitadinho. Sei lá por que, na sua fantasia, você cismou com uma espécie de acrobacia dentro do fusca vermelho e, como você mesmo disse, não conseguia se livrar daquelas imagens tão intensas e vivas. Eu sou apenas um ser humano, disse. E me olhou de esguelha, revirou os olhos e admitiu: Sou apenas um homem.

Meia hora depois, nós voltamos para a estrada e você pisou fundo no acelerador. Com a paixão saciada, era como se estivéssemos atravessando o ar feito uma bala. Para as montanhas, para as montanhas! Tínhamos visto que estávamos na Rodovia 52, e achamos graça no fato de os dois termos nascido justamente nesse ano, 52. Rodovia da nossa safra, você disse. Ou talvez tenha sido eu.

Enfim, você continua ao volante, na época eu ainda não tinha carta. Talvez seja meia-noite, mas nesta estação nunca escurece muito. Fez calor durante o dia, mas agora está frio e brumoso, mas, pudera, isto aqui é o alto da serra! Se fosse numa noite escura de outono, os contornos estariam mais nítidos e nós enxergaríamos razoavelmente bem à luz dos faróis. Agora é tudo um vago azul, tudo uma opaca vigília. A única exceção é certa luminosidade muito ao longe, no horizonte. Creio que cheguei a comentá-la, em todo caso, nós falamos nisso no dia seguinte.

Perto do divisor de águas e do limite do distrito, à beira do Eldrevatn, avistamos subitamente algo avermelhado no lusco-fusco, algo trêmulo e incerto, e sentimos uma batida no carro, um forte tranco no cinto de segurança. Você diminui a marcha ou, em todo caso, a marcha diminui, mas, segundos depois, torna a acelerar, e transcorrem quatro ou cinco segundos até que um de nós diga alguma coisa. E esse não foi o maior enigma, pois, afinal, o que você pensou, Steinn, e o que eu pensei? Se bem que talvez não tenhamos pensado nada. Talvez estivéssemos em estado de choque, só isso.

Depois de passar pelo comprido lago, damos com um furgão branco que vem em sentido contrário, atravessando a serra em direção à Noruega Oriental, e então você diz, agitado: Acho que nós atropelamos alguém!

Foi como se os dois tivéssemos pensado com um único e mesmíssimo cérebro, porque, naquele instante, eu me dei conta de que você se virou para mim com ímpeto, e balancei a cabeça algumas vezes, energicamente.

Eu sei, respondi. Atropelamos a mulher do lenço cor-de-rosa.

Passamos pelo chalé Breistølen e logo chegamos à primeira curva acentuada da saída da Noruega Ocidental, e você freia na curva e se vira. Não diz nada, mas, nos seus ombros e no seu olhar tenso, eu posso ler o que está pensando. *Talvez ela precise de socorro. Talvez esteja gravemente ferida. Talvez tenhamos matado uma pessoa...*

Minutos depois, estamos de volta ao lugar em que o fusca colidiu com alguma coisa na penumbra. Você torna a parar e os dois saímos do carro. Está fazendo frio, sopra uma brisa. Mas não vemos ninguém. Você constata que o farol direito está quebrado e cata uns cacos de vidro no chão. Nós olhamos à nossa volta e, de repente, você aponta para um lenço cor-de-rosa jogado no mato a apenas dois metros da pista e do automóvel. O lenço parece fresco e seco, como se acabasse de cair do ombro de uma mulher, e se agita um pouco ao vento, como se estivesse vivo, e nenhum de nós se atreve a tocá-lo. Apenas olhamos ao redor, e, embora seja uma noite de verão, em lugar nenhum divisamos algo parecido com o contorno de um corpo humano. O único indício é o lenço rosado. Você acha mais dois cacos do farol, então nós partimos. Em alta velocidade.

Estamos em estado de choque novamente. Você treme no pedal do acelerador e no volante, e creio que nenhum dos dois diz nada, mas as nossas almas estão de tal modo entrelaçadas, que cada um tem certo acesso aos pensamentos e sentimentos do outro.

Nas horas e dias seguintes, nós analisamos tudo exaustivamente, mas quando ainda estávamos no fusca vermelho, sabíamos perfeitamente que tínhamos atropelado a enigmática mulher que víramos lá fora, junto às urzes, antes de nos entregarmos à nossa aventurazinha extra à beira do rio. E assim deixamos que uma distância fatal se abrisse entre ela e nós.

O único vestígio que a desconhecida deixou foi o lenço rosa. Por isso pensamos que a vítima, ferida ou morta, devia ter sido tirada da estrada pelo furgão branco, afinal, essa era a única coisa capaz de explicar o seu desaparecimento. Ainda faltavam muitos anos para que existisse telefone celular, de modo que imaginamos que o motorista do furgão branco ou parou na primeira fazenda de Hemsedal para pedir socorro, e lá naturalmente chamou a polícia e a ambulância, ou então preferiu pisar no acelerador e levar a vítima do nosso desmando ao pronto-socorro de Gol. Nesse caso, se é que tal ideia nos ocorreu, talvez já não tivéssemos motivo para correr tanto. Com toda certeza, o motorista do furgão branco fora à polícia de Hemsedal entregar a mulher acidentada que achou na Rodovia 52. E provavelmente mencionou o fusca vermelho que vira passar na outra pista.

Ele estava subindo em direção à Noruega Ocidental, e, quando nós voltamos a passar por Breistølen e chegamos à curva fechada na qual tínhamos feito o balão para retornar, você parou repentinamente à beira do precipício e me mandou sair do carro. Fora!, gritou. Desça logo!

Você estava furioso, eu cheguei a acreditar que me odiava, que ia me fazer mal, mas não me atrevi a contrariá-lo, soltei o cinto de segurança e saí do carro. Steinn, Steinn, disse chorando. O que você tinha em mente? Ia me largar ali? Eu fiquei tão desnorteada que pensei: Será que ele vai me matar? Para se livrar da única testemunha? Talvez já tenha matado... então você acelerou e avançou rumo ao precipício. Acaso queria se lançar no abismo e se suicidar? Eu tornei a gritar: Steinn! Steinn! Mas você simplesmente jogou o automóvel contra a rocha à borda do despenhadeiro. Saltou para fora e constatou que agora o farol esquerdo também estava quebrado, além disso, o para-choque ficara todo amassado, quase destruído.

Eu perguntei: Para que isso?

Você me encarou. Desviou a vista. Mas disse: Nós tivemos um pequeno acidente aqui. E pegou os cacos de vidro que tínhamos trazido do alto da serra e os espalhou junto com os outros perto da pedra. Foi como encaixar as últimas peças de um quebra-cabeça.

Era madrugada e fazia frio. Eu pensei que o motor não ia mais pegar, mas, felizmente, o carro continuava funcionando, é verdade que fazia um barulho esquisito, mas nós estávamos cansados e nos distraímos, por isso batemos na pedra que, com toda certeza, tinha sido colocada na curva como uma espécie de proteção contra uma queda de algumas dezenas de metros.

Seguimos em direção a Borgund e levamos um susto quando a velha igreja de madeira surgiu repentinamente, como um cenário macabro, à luz baça do amanhecer, além disso, estava cercada de antigas sepulturas, e diante da lápide de uma delas ardia uma vela, e a chama também era rosada na escura madrugada de verão.

Seguimos ao longo do Lærdalselv; o dia clareava e, paradoxalmente, quanto mais clareava, mais apreensivos nós ficávamos. Em Lærdal já era quase dia, mas concluímos que era muito cedo e, ao mesmo tempo, muito tarde para procurar hospedagem, e também não queríamos que vissem o nosso carro amassado, por isso avançamos mais dez quilômetros até o porto de Revsnes. A primeira balsa só parte daqui a algumas horas, o nosso é o único automóvel parado no atracadouro, e nós decidimos inclinar o encosto dos bancos e tentar dormir um pouco. Mas a verdade é que já nos conformamos. Dizemos que a polícia certamente chegará antes que atravessemos o fiorde. Não há como seguir viagem sem que a balsa nos leve. Embora a mulher esteja morta e, portanto, não possa prestar depoimento, o motorista do furgão branco viu um fusca vermelho com esquis na capota poucos minutos antes de encontrar uma mulher ferida ou morta na beira da estrada. De modo que é óbvio que a polícia vai chegar a qualquer momento.

Por que ela estava zanzando no alto da serra em plena madrugada? Lá não havia casas, nem mesmo uma cabana de caça ou pesca. Ou será que estava acompanhada? Talvez andasse metida em algum rolo. Pois nós também reparamos naquele caminhão enorme parado em Hemsedal. Vai ver que estava acontecendo alguma coisa escabrosa...

Estamos nervosos demais para dormir. Mas temos medo da luz. Ficamos de olhos fechados, cochichando feito duas crianças que os pais deixaram dormir juntas. Parece-me oportuno lembrar que nós nos deslocamos só dois graus num pequeno planeta que gira ao redor do Sol, e você se apressa a acrescentar que o Sol não passa de uma entre as mais de cem bilhões de estrelas da Via Láctea. E isso nos anima. O que acabávamos de viver era apenas uma gota no oceano. Tínhamos de ampliar a perspectiva. Precisávamos sair do foco. Mas, dessa vez, vêm-me pequenas lágrimas, eu não exclamo que um dia nós não existiremos mais. Isso não vale agora, não há clima para tristeza, a culpa tomou o lugar da tristeza, pois talvez tenhamos provocado a morte de outro ser humano. Foi uma ideia tão horrenda que não tive coragem de comentá-la. Mas não parava de pensar nisso. Tirar uma vida! Não conseguia nem mesmo imaginar que, um dia, eu própria, inconsciente, desapareceria da face da Terra e, assim, de todo o vastíssimo Universo, de tudo. De você, Steinn. Sim, de você também.

Creio que, nos dias que se seguiram à atormentada manhã em que ficamos no ancoradouro, não voltamos a falar com muita frequência "naquela que atropelamos" nem nos referíamos diretamente ao sucedido. *Aquilo*, preferíamos dizer quando precisávamos tocar no assunto, ou *o que aconteceu*. Mas, lá na serra, você dirigiu em alta velocidade, nós chegamos a uma ladeira suave, você tirou do nosso pequeno fusca o máximo que podia tirar, e era bem possível que tivéssemos atropelado e matado uma mulher em Hemsedalsfjell. Só que não podíamos falar nisso. Quando voltamos a Oslo, essa parte da história ficou segregada, suprimida. Mas como viver juntos então? Viver juntos também significa conversar, pensar alto, debochar e rir, também significa dormir juntos e estar próximo um do outro.

No começo, pelo contrário, nós falávamos abertamente na mulher amora, e é por causa dela que hoje, depois de tantos anos, posso recordar praticamente sem restrição que em Hemsedalsfjell nós atropelamos e matamos uma pessoa. Aliás, ainda voltarei a falar nessa abençoada mulher amora, pode ter certeza. Mas agora, excepcionalmente, vou contar tudo em ordem rigorosamente cronológica.

E você? Está no escritório agora?

Claro, e faz só alguns minutos que entrei no Outlook e recebi o primeiro e-mail do dia. Era seu, e agora acabo de lê-lo e apagá-lo.

Você se lembra de mais detalhes que eu. Mas não sei se não exagera quando frisa que, já naquele momento, nós sabíamos claramente que a mulher atropelada não estava apenas ferida, mas morrera na colisão. Ela podia ter quebrado o braço, mas também podia simplesmente ter voltado a Hemsedal no furgão branco. Em todo caso, o que aconteceu foi tremendamente dramático, e agora há pouco eu revivi tudo aqui no escritório.

Também acho conveniente você esperar para introduzir a "mulher amora" na conversa. No referente a ela, eu certamente terei opinião divergente. Mas disso você já sabe.

Opinião divergente, francamente! Eu quase consigo sentir o cheiro: você só pode estar num instituto científico mesmo. Aliás, como ele é? Quero dizer, o seu escritório...

* * *

É um cantinho típico aqui da universidade, um gabinete retangular no prédio da Matemática, também conhecido como Casa Niels Henrik Abel, com as estantes, a escrivaninha e o chão abarrotados de relatórios, compêndios e revistas científicas. Mas hoje nem reparei neste meu ambiente prosaico. Quando leio no monitor o que você escreve, tenho a sensação de estar aí ao seu lado, ouvindo-a no quarto amarelo ou, se preferir, dentro de um carro. Mas agora continue. Nós estávamos naquele atracadouro no sul do fiorde de Sogn.

Lá pelas quatro clareou e, logo depois, o sol nasceu, mas nós ficamos de olhos bem fechados e continuamos cochichando. Lembramos como a vida era segura na Idade da Pedra, havia alguns milhares de anos e também um ano antes, no Hardangervidda. Agora, no entanto, mesmo essa última Idade da Pedra parecia inconcebivelmente distante daquilo que tínhamos vivido de madrugada. Imaginamo-nos de volta às longas noites em que podíamos nos deitar de costas na nossa morada e, com os olhos, transfixar a escuridão sideral. Assim acreditávamos penetrar lonjuras indescritíveis que nos miravam através do milagre do mundo. Chegou a ser doloroso renunciar subitamente a esse íntimo contato com pontinhos luminosos a tantos anos-luz de distância. Aquelas luzes exóticas, cujos vizinhos ópticos éramos nós, tinham se precipitado milhares e milhares de anos pelo espaço sideral afora até chegar aos nossos sentidos, e por eles deviam ser apreendidas e esmorecidas. A luminosidade dos remotíssimos corpos celestes viajara muito para atingir a nossa retina — e então a viagem prosseguia, entrando numa dimensão muito diversa e em outra aventura, através do véu do sistema sensorial, e esses raios chegavam às mais remotas profundezas do espírito. Uma noite, surgiu a lua, primeiro como uma delgada foice, mas foi crescendo noite após noite e, depois, com o seu brilho prateado, alagou de luz de refletores o Hardangervidda e a abóbada celeste. Isso foi um alívio para nós, não só porque agora podíamos nos fitar nos olhos também à noite como porque deu aos olhos e à alma o sossego de já não poderem enxergar tão longe no espaço como nas noites anteriores.

Enquanto estávamos no fusca vermelho, curtindo lembranças, a Idade da Pedra, o Universo e o nosso passado remoto, ficamos de olhos fechados, pois era noite, tínhamos decidido pernoitar tanto quanto possível, pouco importava quem viesse nos acordar primeiro, a polícia ou a balsa, e quando ouvimos o longínquo ronco da balsa a sulcar o fiorde, compreendemos que faltava pouco para amanhecer, por isso tivemos urgência de recordar a miríade de estrelas cadentes na noite em que abatemos o cordeiro. Aquele espetáculo tão esplêndido deixou-nos boquiabertos. Contamos trinta e três estrelas cadentes em dois minutos, mas estávamos tão pasmos que não conseguimos pensar nos noventa e nove desejos a que tínhamos direito. Mas também estávamos maravilhosamente saciados. Já havíamos comido cordeiro assado e não faltava carne para os dias subsequentes. E desejos? Ora, nós tínhamos um ao outro.

Iniciamos a travessia do fiorde. A tripulação da balsa examinou a frente do carro com ar reprovativo, depois todos nos encararam meio que com pena. Pois os danos de uma colisão são como feridas na carne: qualquer um sabe se eles são recentes. Testemunhas, pensamos. Creio que chegamos a cochichar acerca disso. Naquela época, a rádio norueguesa já apresentava um breve noticiário noturno de hora em hora. Coisa que nós sabíamos. Só não sabíamos o que estavam escutando lá em cima, na casa do leme.

Mas, em Kaupanger, mandaram-nos desembarcar e nós seguimos viagem a Hella. Era onde pretendíamos tomar a balsa de Fjærland, o ponto de partida da nossa excursão ao glaciar. Posto que ainda não existisse internet, tínhamos um guia de viagem e sabíamos que precisávamos pegar a primeira balsa de Fjærland, do contrário, teríamos de passar meio dia esperando em Hella. Mas a festa acabou depressa, pois a polícia nos parou entre Hermansverk e Leikanger. Lá fomos localizados.

São duas radiopatrulhas, uma delas com a barra sinalizadora acesa. Penso que foi uma burrice acreditar que íamos escapar tão facilmente, a frente do nosso carro mostra claramente a encrenca em que estamos metidos. Era dia claro agora, e, embora ainda não existisse telefone celular, certamente fazia horas que a polícia estava inteirada do acontecido. Mesmo tendo tido o cuidado de providenciar o nosso álibi artificial lá na serra, à beira do precipício, você declarou em alto e bom som, quando nos fizeram sinal para parar no acostamento: Vamos nos entregar. Não adianta negar nada.

Eu fiz que sim, que sim. Mas você continuou falando: Escute, nós entramos em pânico, só isso. E eu tornei a balançar a cabeça. Estava tão exausta e triste, Steinn. Estava arrasada, tudo que eu amava e em que acreditava tinha sido pisoteado no chão. Depois do ocorrido no alto da serra, eu não tinha mais nenhuma outra vontade que não a sua.

Mas era só um controle de rotina. Nem nos mandaram sair do carro, coisa que eu adorei, não sei se teria conseguido me aguentar nas pernas. Embora fosse uma manhã de segunda-feira, não nos mandaram soprar o bafômetro. Mas nós fomos multados. Deram-nos prazo de dez dias para consertar os faróis, se bem que até lá já estaríamos em Oslo, disseram os policiais, eles foram muito gentis e simpáticos, mas, ainda que as noites de verão já fossem claras, o papel da multa observava que, enquanto os faróis não fossem reparados, nós não podíamos circular à noite.

Já não podíamos viajar à noite, Steinn. Estávamos proibidos. E não tínhamos como contestar a proibição...

Chegamos a Hella algum tempo antes da partida da balsa. Hella era como Revsnes, um típico não lugar, um mero atracadouro de balsa, nem quiosque tinha. Eu estava às voltas com o meu incontrolável desejo de chocolate e sofri barbaramente. Por isso, a única coisa de que falamos, na meia hora que a balsa demorou a chegar de Vangsnes, foram os esquis. O melhor era deixar o fusca ali mesmo, quanto a isso nós estávamos de acordo, seria absurdo levá-lo à quase intransitável aldeiazinha do fiorde, mesmo porque não tinha a menor graça exibi-lo. Mas e os esquis?

Você decerto se lembra de tudo tão bem quanto eu, mas,

pelo menos uma vez na vida, vamos contar essa história com um mínimo de coerência. Agora estávamos conversando com sensatez, fazendo cálculos.

Valia a pena voltar para casa? Mas lá no cinzento ancoradouro de pedra, nós nos sentimos em dívida um com o outro, tínhamos de chegar ao Jøstedalsbreen, era a nossa meta, era o que nos tínhamos prometido e, acontecesse o que acontecesse, precisávamos achar onde dormir, precisávamos de um teto sob o qual ficar bem encolhidinhos. Mesmo sem saber se íamos ser presos dentro de um, dois ou três dias; não, isso nós não sabíamos. Só tínhamos certeza de que era questão de tempo, na melhor das hipóteses, de dias. Nós vimos muito bem o jeito como a tripulação da balsa olhou para o amassado recente do nosso carro, e fomos detidos por um controle rotineiro da polícia, e inspecionados, e incluídos no relatório. O resto, concordávamos, era apenas questão de coordenação e investigação, ou seja, de tempo. Mas, naquela meia hora matinal em Hella, também compreendemos que não íamos esquiar em geleira nenhuma. Não éramos insensíveis a ponto de excursionar no glaciar depois do que acontecera. Precisávamos ler jornal e escutar rádio. Estávamos em alerta máximo, precisávamos estar. E sabíamos de um lendário hotel de madeira no qual nos hospedar. De modo que também podíamos largar os esquis em Hella. Mas não, com certeza a polícia andava à procura de um fusca vermelho com dois pares de esquis na capota. Fim de maio! Era muito arriscado. E como íamos nos apresentar no lugar? Logicamente, tínhamos de bancar os turistas da geleira.

Apesar de tudo, alguma coisa em nós já sentia que, independentemente de como aquilo acabasse, quer dizer, no referente à polícia e à investigação, havíamos recebido uma advertência inequívoca. Descontando os meus ataques de pânico e a sua tendência a tomar uns drinques a mais, nós vivemos em harmonia quase perfeita até o momento em que atropelamos a mulher do lenço rosado em Eldrevatn, e agora estávamos em crise, sim, em crise pela primeira vez. Só que ainda não podíamos nos separar. No dia seguinte quem sabe, ou no outro. Mas agora nem pensar.

Precisávamos passar algumas horas e dias juntos antes que absolutamente tudo talvez chegasse ao fim.

De modo que fizemos uma viagem quase alegre pelo estreito braço de fiorde. A balsa foi diretamente para o norte, rumo ao gigantesco glaciar. A natureza era tão impressionante que mexeu conosco, foi como uma redenção ou como a repentina ruptura de um dique. Nós começamos a brincar e rir outra vez. Lembra? Você mergulhou de corpo e alma no papel de livre e despreocupado. Éramos ótimos atores. Estávamos sem dormir, e isso certamente ajudou, porém o mais importante foi ainda estarmos aberta e livremente juntos — embora só por doze, vinte e quatro ou mesmo quarenta e oito horas. Súbito, viramos Bonnie & Clyde. Estávamos acostumados a ser algo especial, um posto avançado, dizíamos. Agora, ainda por cima, éramos fora da lei. Nós nos fundimos com esse papel, agora, mais de trinta anos depois, podemos admiti-lo. Começamos a representar o nosso papel de cínicos.

No hotel, limitamo-nos a dizer que pretendíamos ficar uns dias, ainda não sabíamos quantos, mas queríamos ir ao glaciar, explicamos — eles já tinham visto os esquis —, e inventamos umas mentiras sobre um curso na geleira e umas excursões. Você chegou até a mencionar Svartisen...

Mas nós queríamos era passar alguns dias juntos, você e eu, achávamos que aquela seria, talvez, a nossa última aventura. Não fingimos ser recém-casados? A "lei do concubinato" fora revogada só quatro anos antes, e, no primeiro ano que moramos juntos, a nossa indecente e ilícita condição de solteiros podia ser denunciada à polícia.

Em todo caso, pedimos o quarto mais bonito, creio que alegamos que estávamos comemorando sei lá o quê, o bom resultado dos exames, coisa, aliás, que não deixava de ser verdade, pois eu acabava de passar na prova de história da religião e você na de física.

Não foi difícil ficar com o quarto mais bonito, ainda não era alta temporada, deram-nos aquele da torre e, puxa vida, Steinn, não é com prazer que o menciono neste relato, mas acontece que Niels Petter e eu nos hospedamos justamente lá na noite em que chegamos. Achei estranhíssimo estar naquele quarto novamente — com ele. Apesar de tudo, não tenho plena certeza de que fomos parar exatamente lá, por acidental que fosse, e agora não estou fazendo nenhuma consideração ocultista, ele simplesmente pediu o quarto, e eu sou casada com um homem generoso e extremamente sensato. Foi duro para ele eu ter dedicado a você quase toda a visita à aldeia do livro, nós estávamos muito interessados em vasculhar os sebos atrás dos livros que não conseguimos ler na juventude, mas acho que já contei que ele se recuperou na viagem de volta.

Naquela manhã, quando estávamos nos registrando na recepção, pedimos uma coisa um tanto audaciosa, mas não tínhamos outra saída. Perguntamos se havia rádio no quarto e, ante a resposta negativa, pedimos um transistor emprestado. Talvez tenha sido ousado, mas nós nos sentíamos tão desesperadoramente desinformados. Dissemos que você era estudante de direito e precisava acompanhar os noticiários. Alguma coisa relacionada com a Alemanha e a RAF, disse eu.

Poucos dias antes, Ulrike Meinhof tinha sido encontrada morta. Sei lá por que me saí com essa, mas pode ser que, de uma hora para outra, eu visse a gente numa situação parecida com a de Andreas Baader e Ulrike Meinhof. Você me endereçou um olhar irritado.

O fato é que conseguimos o quarto e o rádio. Tínhamos um terraço em forma de meia-lua com uma vista magnífica da geleira e das duas lojas perto do antigo atracadouro do vapor. Mas não olhamos o relógio nem uma vez, estávamos quase certos de que só falavam sobre nós naquele radinho. Antes de dormir, escutamos um noticiário regular, notícias nacionais e internacionais. Na Noruega, a idade do ingresso no serviço militar obrigatório ia baixar de vinte anos para dezenove, e o filósofo alemão Martin Heidegger tinha falecido. Mas não disseram nada acerca de Bergen.

Essa falta de referência já estava nos torturando. Dos nossos seminários de champanhe lá em casa, na cama de casal, ainda nos lembrávamos bem do Raskólnikov de Dostoiévski e, tal como ele, agora sentíamos certa necessidade de ser desmascarados ou, em todo caso, de que se dirigissem a nós com cautela ou nos interrogassem. Mas adormecemos imediatamente, acho que nem chegamos a desligar o rádio, e só despertamos no final da tarde.

Acordei com o seu choro. Agora era você quem estava chorando. Eu o consolei. Passei o braço pelo seu peito, beijei a sua nuca e tentei niná-lo.

Logo depois, estávamos sentados na cama, escutando rádio. Acompanhamos um noticiário de meia hora. Mas não disseram nada. Eram sete horas da noite e já havia passado mais de meio dia desde o acontecido em Hemsedalsfjell, talvez um atropelamento brutal, sendo que o culpado fugiu do local sem prestar socorro à vítima — sem chamar a ambulância nem avisar a polícia. "Desde esta manhã, uma grande operação policial tenta..." Mas não, não noticiaram nada disso. Muito embora nós estivéssemos num quarto de hotel à beira de um braço do fiorde de Sogn e soubéssemos perfeitamente que havíamos abandonado a mulher do lenço cor-de-rosa depois de atropelá-la, totalmente embriagados de felicidade, e continuáramos viajando pelo país. Tínhamos achado o lenço dela. Sim, o lenço nós tínhamos achado. Portanto, o motorista do furgão branco a socorrera pouco depois. Mas não dera parte à polícia?

O que estava acontecendo afinal? Por que a rádio não informava nada? Por que tanto silêncio? Um motivo devia haver. Qual seria a explicação? Por que as autoridades não queriam divulgar a notícia? O que aquela mulher misteriosa, de terninho cinzento e lenço rosado, estava fazendo no alto da serra no meio da noite? Por que fora justamente para lá? Acaso aquilo tinha algum significado militar ou ligado à espionagem? Será que havíamos topado com uma coisa cabeluda relacionada com a segurança do país?

Eu tinha muita imaginação. Podíamos ter certeza absoluta de que a mulher que atropelamos era realmente uma pessoa normal?, perguntei. O rádio não dizia nada. A polícia não convocara testemunhas a depor. Acaso ela era uma alienígena, uma visitante do espaço sideral? Mesmo porque, naquela noite, havia uma luz muito estranha lá no alto, e eu tentei incitá-lo a fazer um comentário. Cheguei a dizer que tínhamos visto uma luz flamejante.

Mas nós não compreendíamos nada. Quem era a vítima? Se não fosse uma "alienígena" nem um fantasma, alguém, na outra ponta daquele enigma, devia estar no encalço do criminoso. Porque este só podia ser homem, quanto a isso não havia a menor dúvida, nós tentamos traçar um perfil, mulher nenhuma se escafederia assim, sem mais nem menos. Por alguma razão, a polícia ou seu setor de investigações queria encontrar o criminoso antes que o público soubesse do sucedido.

O nosso carro continuava em Hella. Não era melhor entrar em contato? Um telefonema anônimo denunciando a presença de um fusca amassado no atracadouro; pelo menos a nossa angústia chegaria ao fim. Afinal, a polícia já havia registrado o automóvel como suspeito.

Mas, desse caos de perguntas e respostas inconclusivas, nasceu uma nova necessidade de cálculo frio. Fui a primeira a falar. Disse: Querido Steinn. Faz cinco anos que nós estamos juntos. De repente, tivemos um bruto azar e, pela primeira vez, fizemos uma grande besteira, pois não foi nada sensato seguir viagem depois do acidente. Não sabemos o que aconteceu com a mulher atropelada, coitada, mas agora já não podemos fazer nada por ela. Não é melhor cuidarmos para que os nossos últimos dias sejam os melhores e os mais lindos?

Sirius, implorei. Andrômeda, Steinn! E você entendeu essas associações imediatamente, quer dizer, com a conversa que tínhamos tido em Revsnes.

Eu implorei e você não se fez de rogado. E assim começaram os nossos maravilhosos últimos dias. Fomos para o chuveiro e, meia hora depois, estávamos tomando aperitivo na pitoresca sala da lareira. Lá não havia Golden Power. Mas havia Smirnoff e soda limonada.

Depois do jantar, fomos tomar café ao pé da lareira novamente, mas já sabíamos de cor a programação do rádio e tivemos de ir para o quarto escutar o noticiário das vinte e duas horas. Nenhuma palavra sobre o acidente.

* * *

Não preciso descrever os detalhes dessa semana que lá passamos, você se lembra dela e até a mencionou recentemente. Mas fazíamos longas caminhadas cotidianas. No primeiro dia, subimos ao alto do glaciar pelo Supphelledalen. Você se lembra de tudo desse dia, Steinn? Do que achamos em Moos, à beira do rio, depois de comer bolo de chocolate e comprar luvas tricotadas à mão no aconchegante chalé de Hjørdis, junto ao Supphellebreen? No dia seguinte, alugamos bicicletas e fomos até Horpedalen e Bøyadalen. Em Bøyadalen, passamos algumas horas na morena do século XVIII e assistimos à ruptura de uma massa de gelo no glaciar.

Em todos os passeios, levávamos o pequeno rádio de pilha. Uma vez, quando estávamos passando pela recepção, uma mulher chamada Laila apontou para ele e perguntou com certa ironia: Baader-Meinhof?

Nós nos fizemos de surdos. Mas tudo continuou mudo. Ninguém mostrou interesse em saber o que Bonnie & Clyde haviam aprontado em sua desvairada viagem pelo interior. Isso foi bom, pois nos deu um dia extra. Perspectiva mais ampla nós não tínhamos. Cada hora que ganhávamos era uma grande alegria.

Discutíamos e especulávamos sem parar. O significado daquilo tudo seria a mulher estar fadada, talvez, a morrer num acidente de trânsito? Neste caso, era possível que não fôssemos tão culpados assim, e a ideia fazia com que nos sentíssemos usados. Quem sabe ela não tinha sido empurrada para a estrada bem quando nós passamos? Afinal, estava quase claro, mas não vimos nada até que, de repente, apareceu uma coisa avermelhada na frente do carro. Além disso, não vimos quem estava no mato quando retornamos ao local do desastre. Ou será que ela já estava morta quando a atingimos? Por que não? Nós só percebemos "uma coisa avermelhada na frente do carro", expressão que sempre repetíamos, a mulher propriamente, nem chegamos a registrar, talvez só tivéssemos visto seu lenço no ar rarefeito da serra, ao vento. Alguém já a matara e agora queria providenciar um acidente fatal para encobrir o crime. Quiçá ela estivesse estendida na beira da estrada e, sem o lenço cor-de-rosa, dificilmente seria encontrada. Se bem que o impacto tenha sido forte o suficiente para quebrar um farol...

A mulher era estrangeira! Disso nós nos convencemos no fim. Por esse motivo ninguém deu parte do seu desaparecimento. E nós víramos um caminhão estrangeiro — súbito, tivemos certeza de que se tratava de um caminhão alemão —, num trecho do Hemsedal um pouco abaixo da... da trilha em que você resolveu entrar, Steinn.

Talvez o caminhoneiro a tivesse pegado. Ou quiçá houvesse uma relação entre o furgão branco e o caminhão. Era tarde da noite. A certos encontros só se vai na calada da noite.

Nós fabulamos em torno de um caminhão alemão vindo da Noruega Oriental, e uma mulher na casa dos cinquenta — talvez uma mensageira — percorrendo a serra a pé para se encontrar com um furgão chegado na Noruega Ocidental. Mas, apesar de tudo, a nossa intensa energia especulativa não deu em nada...

Mas você está aí?

Estou. E acho que você demorou um bocado a responder. Hoje não fiz quase nada além de esperar o seu e-mail. Estou que nem um bicho numa jaula, indo de um lado para outro, e não fiz senão esperar que você aparecesse, quer dizer, no computador. Este escritório deve ter uns nove metros quadrados. Mas, pouco a pouco, fui me acalmando e tratei de me ocupar de coisas práticas. Arrumei um monte de papéis e dissertações, coisa que só faço de cinco em cinco anos. Fora isso, sinto certa inquietude aqui dentro. Mas continue. Só espero que você não se deixe pressionar pela minha impaciência e acabe escrevendo muito abreviadamente ou muito depressa.

Os "últimos dias" antes do nosso desmascaramento não queriam acabar, e foi uma semana particularmente lírica, justamente porque nós a vivemos sob a forte tensão de não saber quanto tempo a felicidade ia durar. Mas também não suportávamos viver com a incerteza. Gratos que estávamos por aquela "semana de moratória", como a denominamos no último dia, começamos a falar, com certa expectativa, em como a Noruega Ocidental acabaria prendendo Bonnie & Clyde. Conversávamos sobre as reportagens dos jornais, discutíamos as manchetes. Nem como vaga possibilidade nos ocorreu sair daquela situação impunes, sem pagar pelos nossos atos. E, sei lá, não duvido que, se tivéssemos percebido que talvez fôssemos obrigados a passar o resto da vida às voltas com o acontecido, sem que nada se esclarecesse, essa possibilidade também nos teria horrorizado. Mas era igualmente insuportável não saber nada. Depois de quase uma semana, os noticiários continuavam sem dizer palavra sobre a mulher atropelada na serra. Brutal e cruamente, ela ficara à mercê da própria sorte naquela noite em Hemsedalsfjell.

Quem era aquela mulher, Steinn?!

Nós devíamos uma explicação aos proprietários daquele confortável hotel. Por que nunca íamos ao glaciar como tínhamos anunciado? Você disse que eu não estava passando bem, e eu, toda diligente, confirmei com um gesto quando você me atribuiu uma enxaqueca daquelas. Depois de fugir do local do acidente, negando socorro a uma pessoa talvez gravemente ferida, já não tínhamos dificuldade em mentir. Íriamos aguardar, dissemos. Demos a entender que eu estava "naqueles dias". Mas não estava. Você deve achar esquisito eu lembrar disso agora, mas nós nunca tivemos esses "dias de recesso", e nunca fiquei com enxaqueca. Nós éramos tão unidos em tudo que achei mau-caratismo seu impingir-me a culpa.

Um dia, a simpática dona do hotel perguntou, meio na brincadeira, se nós tínhamos fugido de casa ou estávamos nos escondendo de alguma coisa. Lembra da resposta que demos? Até que fomos espirituosos. Sim, estávamos fugindo de tudo quanto tivesse a ver com dever, dissemos. E nos escondendo principalmente de toda e qualquer imposição ou exigência. Ela nos encarou com desconfiança. Isso nos deixou inseguros, e você foi um pouco mordaz. Disse: Isto aqui não é um lugar de férias?

Foi a caminho do café da manhã e durante o café da manhã que nós constatamos que estava na hora de levantar acampamento. Não por causa da saraivada de perguntas. Estávamos era ansiosos por rever o lugar do acidente. Dizem que o criminoso sempre volta ao local do crime, e nós tínhamos um bom motivo. Precisávamos averiguar se havíamos deixado escapar algum vestígio. Pelo menos, tínhamos de verificar se o lenço cor-de-rosa continuava jogado lá.

E havia mais uma coisa. Naquela manhã, eu acordara bem mais cedo e, quando você levantou, deu comigo estendida no velho divã, mergulhada na leitura do livro que tínhamos encontrado no salão de bilhar e lêramos na véspera, ou seja, o *Livro dos espíritos*, o qual você classificava de "revelação espírita". Pois ao vê-lo em minhas mãos, você se irritou instantaneamente, azedou mesmo, e cheguei a desconfiar que inventaria de partir naquela manhã só para me separar da minha nova leitura. Antes de viajar, eu devia recolocar o livro na estante, mas, sem que você percebesse, enfiei-o na mochila e só voltei a tirá-lo quando já estávamos em Oslo.

Mas, quando passamos pela sala da lareira, a caminho da varanda, do fiorde e das faias, a filha da dona do hotel, ou seja, a mulher que hoje o administra, perguntou se, naquela manhã, nós não podíamos ficar meia hora com suas três filhinhas para que ela fosse ao banco, pois, excepcionalmente, aquela aldeiazinha à beira do fiorde contava com uma agência bancária. Os dois aquiescemos espontaneamente, as garotas eram realmente graciosas, nós já fizéramos amizade com elas, a caçula tinha só dois anos, e confesso que nos últimos dois meses eu vinha pensando seriamente em parar de tomar a pílula. Ficamos contentes com a confiança que ela depositava em nós, afinal de contas, quem era louco de associar Bonnie & Clyde ao ofício de babá? Não lembro por que, mas acabamos passando quase toda a manhã tomando conta das meninas, e dizíamos que era o mínimo que podíamos fazer para lhe agradecer as bicicletas e o rádio. Nem foi preciso dizer isso. Afinal de contas, havíamos gastado uma pequena fortuna naquele hotel. Éramos bons clientes e não economizávamos em vinho nem em comida nem em *schnaps* depois do cafezinho. E eles tinham Calvados, Steinn! Nisso a sua memória não falhou. Naquele tempo, era uma raridade, pelos menos nos hoteizinhos distantes das grandes cidades. Mas, depois da nossa viagem à Normandia, o Calvados passou a ser a nossa bebida predileta. Nem lembro se, na metade dos anos 1970, as lojas estatais de bebidas alcoólicas vendiam Calvados, mesmo porque esse era um luxo a que geralmente não podíamos nos dar. Mas lá, naquelas cicatrizes profundas que várias glaciações haviam deixado, não havia noite em que não tomássemos um Calvados.

De modo que pernoitamos mais uma vez no hotel. Por volta de meio-dia, quando ficamos livres da responsabilidade pelas meninas, tivemos uma última tarde para nós. Já visitáramos quase todos os cantos da aldeiazinha à beira do fiorde, mas, curiosamente, não havíamos estado no chalé no alto do morro bem atrás do hotel, era a única coisa que ainda não conhecíamos. Se o nosso carro ainda estivesse em Hella, se a polícia não o tivesse guinchado para revistá-lo, na manhã seguinte voltaríamos para casa ou, pelo menos, avançaríamos o máximo possível em direção à Noruega Oriental. Não tínhamos certeza de nada. Mas ainda precisávamos empreender uma caminhada, e essa caminhada nos levou ao chalé. O tempo estava lindo, quase não chovera durante toda a nossa estada.

Depois de providenciar um lanche e uma garrafa térmica de chá, atravessamos o vale Mundal, no qual nós dois voltamos a estar semanas atrás. Você seguramente se lembra de tudo e também de coisas muito anteriores a essa jornada, não tenho a menor dúvida, mas agora faço questão de escrever tudo que me vem à lembrança para obrigá-lo a refletir com muito cuidado sobre o que então aconteceu.

Passamos pela última fazendola à esquerda, a do celeiro vermelho, e pela arena de tiro à direita, seguimos um bom pedaço do animado rio Mundal, à nossa esquerda, e finalmente chegamos a Heimestølen. Na trilha de pedrisco, tivemos de ir aos pulinhos para não pisar no esterco: o pastio de verão das vacas e cabras terminara pouco tempo antes.

Sentíamo-nos bem. Passara-se uma semana, e não tínhamos a menor ideia do que nos aguardava. Mesmo que não fôssemos capturados pelo que aconteceu em Hemsedalsfjell, era inegável que aquilo nos deixaria marcados o resto da vida, e nós não sabíamos como conviver com semelhante lembrança. Mas, apesar de tudo, gracejávamos e ríamos, tínhamos a mesma idade e registrávamos com uma boa dose de melancolia aquele que era o nosso último dia no paraíso, no "nosso cantinho erótico", dizíamos, posto que erótico não fosse o cantinho, e sim nós, que acabávamos de passar uma semana inteiramente entregues ao prazer.

Mesmo aqui na trilha, você não para de me agarrar. Há um momento em que quer mais, e a sério, não é conversa fiada, alega que temos o vale inteiro só para nós, a gente pode se esconder no amieiro, nada mais fácil, e está fazendo calor, mas agora eu sou rigorosa e digo que primeiro temos de chegar ao chalé. Lá a gente vê se você é macho mesmo para isso, explico, risonha. Lembro-me bem dessa observação, pois ela o irritou. Mas então aconteceu uma coisa que fez com que, nos dias e semanas subsequentes, você já não fosse tão macho assim para nada. A verdade é que, depois disso, nós nunca mais ficamos juntos. Nunca mais nos reconhecemos.

Mas então! A duzentos metros de Heimestølen, cresce um denso pé de dedaleira. *Digitalis purpurea.* As flores são tão flexíveis e rosadas, eu sei que a gente morre se as comer, mas também sei que as folhas da dedaleira podem salvar uma pessoa da morte. Essas flores em forma de campainha têm um não sei quê sedutor. Eu saio correndo, deixando-o para trás, a fim de colhê-las. Venha!, grito.

Paramos brevemente junto à dedaleira, mas logo nos viramos para a direita, onde as bétulas, muito próximas entre si, cobrem a suave inclinação da encosta até a beira do caminho. Entre o preto e branco dos troncos, há uma pequena clareira, um tapete de musgo verde-claro, e eis que, de repente, ali surge uma mulher de terninho cinzento e lenço rosado nos ombros, exatamente da cor da dedaleira, nisso eu já pensei muito, quer dizer, durante os anos transcorridos de lá para cá.

Ela nos olha com atenção e sorri. Mas é a mulher que nós atropelamos no Hemsedalsfjell, Steinn. Parece que uma mão superior a colocou nesta paisagem em nossa homenagem. Hoje eu sei quem ela era e de onde vinha. Mas espere!

Depois nós concordamos plenamente quanto ao que tínhamos visto. Concordamos que se tratava da mulher que, uma semana antes, nós víramos no alto de Hemsedal, no caminho de pedestres paralelo à estrada. Traz o mesmo lenço, justamente aquele que estava jogado à beira do lago da montanha, e é a mesmíssima pessoa. Também estamos de acordo quanto ao que vemos. O estranho, porém, é que não podemos concordar quanto ao que ela *disse*. Foi realmente esquisito; na época, pareceu-nos assombroso, se bem que hoje eu tenha uma explicação para isso.

Mas o que foi que ela viu? Lembro claramente que se dirigiu a mim, dizendo: *Você é aquela que eu fui, e eu sou a que você será.* Você, pelo contrário, teimou que ela tinha dito coisa muito diferente. Não era insólito, uma vez que nós continuávamos aceitando que víramos a mesma coisa? Você insistia obstinadamente que ela o havia encarado e dito: *Você devia ser multado, rapazinho.*

Ou seja: do ponto de vista estritamente fonético, essas duas frases estão longe de serem idênticas. E eu acrescentaria que, em termos semânticos ou de conteúdo, também. "Você é aquela que eu fui, e eu sou a que você será." E a seguir: "Você devia ser multado, rapazinho". A você chegaram algumas palavras; a mim, outras bem diferentes. Mas por que ela nos traria uma mensagem dupla? E como foi capaz de semelhante proeza? Eis o grande enigma. Mas espere...

Hoje eu tenho certeza de que a "velhota do lenço rosado" era a mesma que nós atropelamos e matamos e que agora vinha do outro lado. E vinha nos confortar! Ela sorriu, não digo que tenha sido um sorriso cálido, pois talvez essa história de "calor" e "frio" seja demasiado carnal, mas, em todo caso, não foi um sorriso maligno. Foi alegre, expressivo e travesso. Ou melhor: foi sedutor, Steinn. Venham, venham, venham, dizia o sorriso. A morte não existe. Venham simplesmente, venham, venham! E então ela se dissolveu no ar e sumiu.

Você caiu de joelhos à beira do caminho, mergulhou o rosto nas mãos e chorou. Não queria me fitar nos olhos, mas eu me debrucei e tornei a acalentá-lo.

"Stein", disse, "ela não está mais aqui."

Mas você continuou soluçando sem parar. Eu mesma estava com um medo terrível, pois, na época, não acreditava em nada, mas precisar cuidar de um rapaz não deixou de ser uma ajuda para mim.

Súbito, você se levantou de um salto e se pôs a correr morro acima. Corria para salvar a vida, e eu tentei acompanhar seu passo. Você não podia fugir de mim. Logo voltamos a nos emparelhar e, depois de algum tempo, falamos sobre o que acabávamos de viver. Ambos estávamos igualmente emocionados.

Ainda não tínhamos começado a tomar posição. Nós nos interrogávamos, argumentávamos, ficávamos contra ou a favor. Mas concordávamos que aquela mulher no bosque de bétulas era a mesma que havíamos observado no Hemsedalsfjell, quer dizer, a mesma que atropeláramos e matáramos, porque agora estava decidido, já não havia espaço para dúvida, enquanto você, por sua vez, argumentava com muita veemência que ela não só tinha sobrevivido como, evidentemente, estava em perfeito estado de saúde. Como será que ela conseguiu nos encontrar, você perguntou, fora de si. Tinha medo de que ela continuasse nos seguindo de perto. Achava que podia ter se hospedado no hotel e ficara com medo de se encontrar conosco no jantar. Assim, as suas preocupações foram se refugiando cada vez mais no firme chão materialista. Duvido que ela tivesse um quarto no hotel ou que a fôssemos ver no jantar. Eu disse: Ela morreu, Steinn. Você me olhou fixamente, avaliando-me. Eu acrescentei: Talvez ela não tenha nos *seguido*. Talvez tenha vindo ao nosso *encontro*. De lá do outro lado, Steinn. Você me encarou. Mas não havia força em seu olhar. Só impotência.

Sim, impotência. Porque eu sabia que agora nós estávamos nos separando. Naquele tempo, não acreditava, e continuo não acredi-

tando, que os mortos nos assombrassem ou que eles existissem fosse lá onde fosse. Você acreditava, e hoje eu respeito a sua opinião, algo se passou comigo nesses mais de trinta anos, mas você tem razão, na época, eu não acreditava.

Mas continue a contar. Acho que você se atém ao que foi a nossa história.

Depois de passar quase toda a manhã andando de um lado para outro nestes nove metros quadrados, estou ficando cada vez mais inquieto e ansioso. Sinto que preciso fazer alguma coisa, é meio-dia, e tomei uma decisão.

Agora escreva os últimos capítulos. Já imagino como eles serão, pois, na época, antes de você largar tudo abruptamente e ir para Bergen, nós falamos muito nisso. Prometo responder no fim do dia.

Ao chegar ao chalé, nós combinamos de adiar ao máximo toda e qualquer interpretação. No dia seguinte, íamos empreender a longa viagem de carro para casa, à parte isso, teríamos de passar pelo estreito entre os distritos de Sogn og Fjordane e Buskerud. Não era melhor nos contentarmos, por ora, com aquilo que realmente vivêramos enquanto ainda o tivéssemos fresco na memória?

Os dois admitíamos que eu me agachei e rocei as campainhas rosadas. Você se colocou atrás de mim e, primeiro, me acariciou o cabelo, mas logo se sentou e também tocou na dedaleira. Eu não me lembrava se tínhamos *ouvido* alguma coisa do outro lado do caminho, mas, de repente, algo que lá estava fez com que nos virássemos. No mesmo instante, surge um vulto de mulher na paisagem entre os troncos das bétulas, com um lenço cor-de-rosa nos ombros, ela está parada no musgo como uma "mulher amora nos conto de fadas". Palavras minhas. Fui eu que inventei a expressão "mulher amora", e, para nós, ela passou a ser uma ferramenta retórica, uma boia salva-vidas verbal para duas almas em apuros. Durante muitos dias, pudemos conversar sobre a mulher amora, e agora constatamos que continuamos podendo mais de trinta anos depois. Foi em meados da década de 70, acho bom lembrar.

Poucos dias depois que encontraram Ulrike Meinhof morta na prisão, e naquele ano, na Noruega, lançaram romances com títulos como *Jenny foi demitida*, *Não desista*, *Dentro do seu tempo*, *O ataque*, *A expedição* e *Grafite*. Muito embora outras vozes também afirmassem que estávamos a caminho de uma nova era, havíamos chegado a um ponto de inflexão, ao limiar da "era de aquário".

Você, com a sua visão materialista — contra a minha nascente orientação espírita — e na sua luta febril por compreender, lançou uma teoria engraçada. Nós admitíamos que a mulher amora e a outra, a que tínhamos visto no Hemsedalsfjell, eram uma só e a mesma. Mas, de uma hora para outra, você perdeu totalmente o juízo e disse: Imagine um filme ou um romance policial. Eu fiquei esperando, interessada. Você prosseguiu: vai ver que a mulher que nós encontramos no bosque de bétulas é a gêmea idêntica da outra...

E vai ver que Jesus andou sobre as águas porque o mar da Galileia estava coberto de gelo!

Quando, ao retornar ao hotel, fomos obrigados a passar por aquele lugar, passamos bem depressa e de mãos dadas, muito embora tivéssemos prometido não entrar em pânico. Você conseguiu não sair correndo, mas quem pagou o pato fui eu, pois você apertou a minha mão com tanta força que me machucou. Lembro-me do vinho que tomamos no jantar. Estávamos mesmo precisando, bebemos uma jarra e pedimos mais meia, e lembro que eu mal podia segurar o copo porque você havia tirado toda a força da minha mão.

Lembro-me bem dessa noite, Steinn. Dessa vez fui eu que tentei seduzi-lo. E de maneira extremamente direta. Se não o conseguisse agora, nós nunca mais voltaríamos. Fiel a todas as regras da arte, tentei atraí-lo e, poucas horas antes, é bem possível que o tivesse deixado zonzo de desejo, esquecido de tudo o mais. Mas não deu. Porque você estava tristíssimo, por si e, consequentemente, por mim, decerto também estava pensando no futuro e, fora isso, num porre daqueles. Depois do jantar e da aguardente de maçã, levamos uma garrafa de vinho branco para o quarto, na qual eu não toquei. Lembra como a coisa acabou? Acabou com você dormindo com a cabeça no pé da cama. Eu até tentei acariciar a sua bochecha com o pé, mas você o empurrou, não com força ou brutalidade, mas com energia. Nenhum dos dois conseguiu dormir nas primeiras horas. Ficamos acordados, cada qual sabendo que o outro estava acordado, mas os dois tentando pegar no sono e, no fim, conseguimos, pelo menos você, que estava tão alcoolizado que não podia ficar muito tempo acordado.

Lamentei amargamente não ter me entregado lá em cima, no amieiro, antes que topássemos com a mulher amora. Eu sabia que agora talvez desaparecêssemos um para o outro e já comecei a sentir a sua falta.

Às vezes, sentir falta da pessoa que está na cama com você dói mais do que a saudade de quem está em outro continente.

O conto de fadas chegara ao fim. Nós conversamos afavelmente na balsa, ao atravessar o fiorde. Tomamos café e comemos panqueca doce. Com os esquis e as mochilas, desembarcamos da *M/S Nerøy* em Hella, e o carro continuava no lugar em que o havíamos deixado, quase como se estivesse se sentindo abandonado e com saudades da gente. Pobre farol, pobre para-lama, pensei, creio que cheguei a dizê-lo. Você também fez uma observação salpicada de humor negro. Como resposta, digamos. E então nós partimos.

O que íamos encontrar na serra? O que nos havia escapado na última vez em que estivéramos no lugar? Tínhamos procurado sistematicamente vestígios de sangue? Ou de pele e cabelo?

Mas nem chegamos a falar nisso. A nossa viagem de volta, consideradas as circunstâncias, até que foi agradável. Talvez por termos intuído que era o nosso último passeio de carro. Nós nos tratamos com uma espécie de deferência pós-simbiótica. Dali por diante, estava excluída a possibilidade de uma empolgante incursão a um novo ninho de amor. Mas nos tratamos com delicadeza. Fomos gentis e atenciosos.

Primeiro foi preciso atravessar o fiorde, depois chegamos uma vez mais a Lærdal, ao rio e à igreja de madeira. Tive um pequeno mal-estar quando passamos pela curva e o precipício no qual, uma semana antes, eu pensei que você fosse me matar ou cometer suicídio. Você soltou a direção e passou o braço direito pelo meu ombro. Foi bom. E então nós chegamos ao alto da serra.

E eu vou indo em sentido contrário. Estou em Gol, acabo de entrar na área wireless do Pers Hotel. Li a sua última mensagem e respondo daqui.

Mas tenho a impressão de que suspeitam de mim, não sou hóspede, estou de passagem, e parece que logo vão me abordar. Antigamente, a gente entrava sorrateiramente num hotel para usar o banheiro, hoje em dia, é para navegar na internet.

Simplesmente senti necessidade de percorrer uma vez mais estes montes. Mas continue. Vou levar umas quatro ou cinco horas para voltar a ter acesso à rede. E será em outro hotel, é para lá que vou agora. Fiz reserva por telefone, mas a temporada está acabando e tudo indica que vou ser o único hóspede.

Você pretende ir a Fjærland, Steinn? Então podemos dar tchauzinho em Hemsedal. Em algum lugar um vai passar pelo outro, então haverá só um metro e uma geração entre nós...

Vemos a reluzente e fria superfície do Eldrevatn, e eu noto que você está tremendo outra vez no volante e no acelerador. Mas agora estamos aqui. Você para no acostamento, os dois saímos do fusca vermelho e continuamos sendo tremendamente importantes um para o outro, mas a tristeza, o remorso e a amargura do que aconteceu esgarçou o vínculo erótico entre nós. Você grita palavrões, é sumamente vulgar. O seu vocabulário me surpreende. Eu choro apenas.

Mas o lenço cor-de-rosa desapareceu. Nós esquadrinhamos um vasto terreno, e, embora procuremos uma cor bem visível nada encontramos. Será que alguém o achou e levou embora? Ou foi o vento que o arrastou pelas montanhas?

Já não lembro se ficamos aliviados ou decepcionados

quando, apesar de tudo, ainda descobrimos uns cacos do farol. De modo que não foi mera imaginação. Nós atropelamos uma pessoa, e foi em alta velocidade. Não encontramos mais vestígio do sucedido. Não vemos manchas de sangue e não achamos nenhuma pedra grande ou monte de terra em que o carro possa ter esbarrado.

Voltamos para o fusca e seguimos viagem. Você faz um comentário sobre o engraçado pão de açúcar no fim do lago, como se isso tivesse alguma relação com o nosso mistério.

Quando passamos por Hemsedal, só falamos nas coisas que tínhamos vivido durante a viagem em sentido contrário. Acho que foi você que começou com isso, aliás, foi exatamente quando estávamos passando pela saída que você queria pegar quando estava me cantando e bancando o sedutor irresistível. Agora nos era impossível fazer um comentário sobre *aquela* aventura.

Selamos um acordo. Dissemos: Nós podemos discutir esse terrível acidente durante toda a viagem de volta, mas, assim que chegarmos a Kringsjå, nunca mais falaremos no que aconteceu no alto da serra, nem entre nós, nem com ninguém. E foi o que fizemos a partir do instante em que entramos em Oslo. Quase sempre nos referíamos por *aquilo* ao ocorrido à beira do Eldrevatnet. Agora, nos nossos e-mails, eu rompo esse antigo pacto, e duvido que isso nos traga uma nova desgraça. Espero justamente o contrário, por isso escrevo.

O lenço rosado já não estava lá, mesmo porque seria incrível se estivesse depois de tanto tempo, mas acontece que o tínhamos visto com os próprios olhos, e, no fundo do coração, eu fiquei um pouco desapontada, pois, se o houvéssemos encontrado e ele tivesse sido despedaçado por algum animal, seria um indício de que aquela com quem deparamos no bosque de bétulas não era um ser humano vivo de carne e osso, e sim um espírito que apareceu para nós, pois, nesse caso, haveria no mínimo dois lenços, um pertencente à mulher acidentada e um que continuava nos ombros da mulher amora.

Como os noticiários não mencionaram nem uma vez o

pavoroso desastre, nós acabamos concluindo que o motorista do furgão decerto socorrera a mulher do lenço, mas não chegamos a um acordo quanto ao estado em que a coitada se achava naquele momento. O fato de a termos reencontrado no bosque de bétulas era, para você, um indício de que ela tinha tido apenas ferimentos leves, ao passo que, para mim, era uma prova definitiva justamente do contrário, ou seja, de que seus ferimentos foram realmente mortais — e de que existia alguma coisa do outro lado, Steinn! Em sua opinião, a mulher tornara a se levantar pouco depois da queda e havia pegado carona no furgão, você pôs na cabeça que ela queria retornar a Hemsedal e que tinha algo a ver com o caminhão estrangeiro. Tal solução do enigma era uma explicação plausível para o fato de não termos ouvido nem uma palavra, nos noticiários, sobre o acidente na noite de verão. Eu, por minha vez, estava convencida de que a mulher do lenço cor-de-rosa fora transportada gravemente ferida ou morta pelo furgão. Apesar disso, numa coisa nós concordávamos: uma semana depois de ter sido atropelada, a mulher do lenço se achava em ótima forma física. Só que, para você, era aqui neste mundo e, para mim, no lugar em que ela agora estava.

Nós discutimos o tempo e a hora. Caso só tivéssemos esbarrado nela, não era absurdo vinculá-la ao furgão, disse você. Talvez ela simplesmente tivesse seguido caminho. E por que o motorista do furgão branco acharia necessário avisar a polícia que tinha visto uma mulher de meia-idade indo pelo caminho de pedestres junto à Rodovia 52?

Eu disse: Mas nós não encontramos o menor vestígio dela, foi como se o chão a tivesse tragado. E, mesmo que só esbarrássemos nela, a mulher ficaria tão furiosa que chamaria a polícia na primeira casa que encontrasse, para denunciar o fusca vermelho com esquis na capota que quase a atropelou.

Você me escutou e segurou o volante com mais força do que na ida, mas sacudiu a cabeça, alegando: Pode ser que ela tivesse motivos para não chamar a polícia. Afinal, o que estava fazendo lá em cima tão tarde da noite? Ninguém passeia pelas montanhas a essa hora e ninguém toma ar fresco a quilômetros e quilômetros de distância do lugar povoado mais próximo. Claro que é possível percorrer a serra à noite, já que nesta estação do ano não escurece nem esfria muito, mas isso a gente só faz por necessidade, quer dizer, quando tem um objetivo bem claro ou quando está fugindo ou se escondendo de alguma coisa.

Eu escutei. Agora íamos partir das suas premissas. Eu disse: E do que a gente foge ou se esconde, por exemplo?

Você continuou dirigindo, tardou uns quatro ou cinco minutos a responder. Estávamos conversando de maneira nova e diferente. Já não éramos um casalzinho de namorados. Já não batíamos papo, já não ríamos à toa. Mas nem por isso deixamos de ser gentis e atenciosos. Um queria o bem do outro, mas já não tínhamos como realizar o bem de nós dois.

De quem ou do que a gente foge ou se esconde, tornei a perguntar.

E você respondeu: Do caminhoneiro no estacionamento. Alguma coisa aconteceu, e ela fugiu para as montanhas. Talvez conhecesse a região, e não é tão difícil assim atravessar aquele desfiladeiro a pé, os dois vales a leste e a oeste são muito próximos, praticamente encostados: só o Eldrevatnet os separa.

Você me encarou como que a pedir ajuda para continuar argumentando. Disse: Essa mulher pode perfeitamente ter fugido de um crime, talvez de um assassinato brutal, o assassinato do homem que a maltratou durante anos e que agora está morto na cabine do tal caminhão licenciado no estrangeiro. Numa situação dessas, nenhum louco chama a polícia só porque se irritou um pouco com um desconhecido.

Fiquei tão impressionada com a sua fantasia que achei melhor tapar a boca para que você não me visse rir. Mas você viu e disse: Esqueça! A caminhoneira era a própria mulher. Não havia ninguém na cabine quando nós passamos. Mas, alguns minutos depois, nós a vimos na estrada, estava fazendo frio e ela se protegeu com o lenço. Virou a cara para não ser reconhecida. Isso porque tinha encontro marcado, no mato, com o motorista do furgão branco. Eles iam se encontrar no divisor de águas para fazer a entrega de uma coisa valiosíssima. Talvez de alguns quilos de pó branco, ou apenas de dinheiro, ou, por que não, iam trocar pó por dinheiro. Ou, quem sabe, um avião lançou uma grande quantidade de alguma coisa? Em tais circunstâncias, ninguém pensa em procurar os camponeses da região e muito menos a polícia. Depois de ser derrubado por um fusca vermelho, qualquer um fica com desejos de vingança, e, para quem estava viajando, não seria nada difícil achar o nosso fusca em Hella uma semana depois. A conclusão óbvia foi a de que nós tínhamos ido para o glaciar, estávamos escondidos, e, como não havia estradas transitáveis por um caminhão, ela foi atrás de nós. Para nos castigar. Primeiro para nos pregar uma peça. Muito embora seja *uma peça*, você sublinhou, há muitas maneiras de abalar a vida de uma pessoa. Quem desenvolve muito a imaginação tem mil possibilidades de infligir um castigo perpétuo aos outros. Aliás, num dos seus e-mails, você fez alusão a algo parecido: o tal feiticeiro árabe que, presumivelmente, teria usado veneno para separar um casal...

Mas, diante dessa última hipótese, não pude ocultar que eu já estava achando a sua imaginação ridícula. Pousei a mão na sua coxa, creio que isso lhe agradou, mas também creio que essa foi uma das últimas vezes que nós demonstramos ternura física um pelo outro, e disse: Mas e o lenço, Steinn? Se ela não estivesse muito ferida, por que iria tirar ou perder o lenço cor-de-rosa lá na serra, na noite fria?

Não sei se você dava muito crédito às suas teorias. Aliás, você mesmo dizia que só estava tentando ser racional. Isso não é proibido, Steinn. Mas o que a mulher amora tinha de especial não era apenas a semelhança com a outra, a que nós atropelamos, mas sobretudo o modo como apareceu no bosquezinho quando estávamos mexendo na dedaleira — aquelas campainhas rosadas eram tão tenras e viçosas — e o modo como sumiu repentinamente. Eu estava começando a desenvolver a minha interpretação espírita da coisa, e agora, quer dizer, no carro, na viagem de volta, ao longo de todo o trecho até Gol e Nesbyen e continuando rumo a Krøderen, Sokna, Hønefoss e Sollihøgda, você me escutou com atenção, e isso gerou não só consideração pós-simbiótica. Tudo ainda era muito recente, e você estava realmente inseguro. Eu não disse uma palavra a respeito do livro que havia roubado do salão de bilhar e o qual, de manhã, passara uma hora lendo enquanto você dormia. Mas não era esquisito termos achado aquele livro algumas horas antes do nosso encontro com a mulher amora?

Pouco a pouco, eu me dei conta de que aquele encontro também podia ser entendido como algo auspicioso. A nós, que sempre tivemos a mesma atitude intensa perante a vida e, por isso mesmo, também o mesmo desespero abissal porque um dia tudo ia acabar irrevogavelmente; a nós nos foi dado subitamente um sinal de que aqui estamos apenas de passagem e de que, depois, há uma existência da nossa alma. Ela nos endereçou um sorriso de Mona Lisa: travesso e expressivo. Veja! Nós ganhamos um grande presente. E ainda agora, enquanto escrevo, eu gostaria muito de compartilhar esse triunfo com você. Não é tarde demais, não precisa ser.

E havia mais uma coisa em que era bom pensar. A mulher do lenço cor-de-rosa já não se encontrava em mau estado. Isso diminuía a nossa culpa? Nós havíamos posto fim à sua existência terrena, o seu corpo morrera — ou imediatamente, ou na semana subsequente —, e essa continua sendo uma ideia horrenda, mas a mulher amora nos revelou que ingressara em outra dimensão. Terá sido por isso que apareceu para nós? Para nos dar perdão e uma nova energia vital. Ela me disse: "Você é aquela que eu fui, e eu sou a que você será". Não se preocupe, disse. Você é como eu. Nunca morrerá... Também a você ela ofereceu consolo: "Você devia ser multado, rapazinho". Do ponto de vista dela, isto é, do *novo* ponto de vista dela, você não tinha cometido mais que uma infração de trânsito, coisa a que todos estamos sujeitos enquanto chapinharmos neste lamaçal. A coisa não era tão grave assim, já que, apesar de tudo, tínhamos corpo frágil e efêmero e já que, depois desta, havia uma existência mais pura e mais estável.

De modo que, na verdade, ela nos disse a mesma coisa aos dois.

De repente, estávamos em casa novamente e já não podíamos falar no acontecido. Mas o trauma nos penetrara até os ossos, e nós arrastávamos uma culpa e uma vergonha das quais nos lembraríamos toda vez que nos entreolhássemos, toda vez que juntos estrelássemos um ovo, toda vez que um servisse uma xícara de café ou de chá para o outro.

Mas cheguei à conclusão de que o sentimento de culpa não era o principal empecilho à nossa convivência. Dele nós conseguiríamos nos livrar um dia. Acredito que devíamos ter ido nos apresentar à polícia juntos. Nada mais simples! Aceitaríamos a punição e a vergonha que nos competia aceitar, mas com boa ajuda recíproca.

Você decerto não esqueceu o que nós fizemos antes de varrer tudo para debaixo do tapete. Acabamos telefonando para a polícia, se bem que anonimamente. Perguntamos se não tinha havido um acidente na divisa dos dois distritos na noite em que por lá passamos. Dissemos que nos dispúnhamos a depor como testemunhas. Eles anotaram a data e o lugar e nos mandaram ligar depois, já que fazíamos questão de ficar anônimos. Nós esperamos dois ou três dias e tornamos a telefonar, e a polícia garantiu que, naquele trecho, não haviam notificado nenhum acidente na referida noite nem em qualquer outra data, mesmo porque, no alto da serra, a estrada era particularmente reta e oferecia boa visibilidade.

De modo que, de uma hora para outra, não havia resquício da ocorrência. Coisa que tornava ainda mais misterioso o lado terreno do episódio, o qual até hoje é um enigma policial. Porque nós éramos dois e sabíamos que havíamos atropelado uma pessoa. Portanto, outros que não as autoridades e a polícia deviam ter removido o cadáver. Entrementes, eu me convenci de que tínhamos tido contato com o espírito da mulher alguns dias depois da sua passagem para o outro lado.

Foi isso que abriu um abismo profundo entre nós. Daquilo que acabávamos de viver, eu tirei consequências bem diferentes das suas. Portanto já não podíamos continuar juntos. Comecei imediatamente a estudar a filosofia espírita. Afinal, roubara aquele livro do salão de bilhar. E temia que você o atirasse na minha cabeça se o descobrisse. Mas, com o tempo, li muito a Bíblia e hoje me considero cristã.

Cristo ressuscitado apareceu para os discípulos, e eu creio que foi uma aparição como essa que se nos revelou.

Nós já conversamos sobre isso. Para mim, em todo caso, era demais ter de acreditar que Jesus morreu e depois seu cadáver voltou a viver. Nesse aspecto, não concordo com o dogma eclesiástico da "ressurreição da carne" nem com as ideias arcaicas acerca dos túmulos se abrindo no dia do Juízo Final. Eu creio é na ressurreição do *espírito*. Tal como Paulo, acredito que, depois da morte física, nós ressuscitaremos com um "corpo espiritual" numa dimensão totalmente diferente do mundo físico em que ora vivemos.

Encontrei uma síntese entre o cristianismo e uma crença, aos meus olhos racional, na alma imortal. Muito embora para mim não se trate apenas de crença. Eu tinha visto uma aparição da mulher que nós dois atropelamos e matamos, assim como os apóstolos, segundo a igreja primordial, viram Jesus quando ele "ressuscitou dos mortos". E você não acredita que Jesus se tenha mostrado aos discípulos para lhes dar testemunho de compaixão, ou seja, para lhes dar fé e esperança?

Ou nas palavras de Paulo: "Ora, se se prega que Cristo ressuscitou dos mortos, como podem alguns entre vós dizer que não há ressurreição dos mortos? Se não há ressurreição dos mortos, também Cristo não ressuscitou. E, se Cristo não ressuscitou, vã é a nossa pregação, e também vã é a vossa fé".

Antigamente, era eu que tinha fricotes e chorava amargamente por não ser senão natureza, no tempo em que nós buscávamos consolo entrando no fusca para ir esquiar no Jøstedalsbreen, e eu, que vivia tão triste porque nunca me saciaria da vida, encontrei repentinamente uma crença conciliadora numa vida eterna depois desta.

A partir do segundo ou terceiro dia, o nosso pequeno apartamento já estava abarrotado de livros, de escritos comprados ou emprestados sobre tais fenômenos que você classificava de "sobrenaturais". Duvido que tenha percebido que eu também lia a Bíblia. Mas você não conseguia lidar com aquilo. Não tinha uma fé capaz de entrar em contato com a minha nova orientação. Para você, aquilo era uma traição. Nós dois criáramos uma comunidade religiosa própria. Agora a comunidade da qual eu saí contava apenas com um membro.

Pois foi assim e não ao contrário. Não era eu que não tinha condições de conviver com o seu ateísmo. Não, de jeito nenhum. Mas, a longo prazo, não poderia viver com a sua notória aversão à minha nova convicção. Você não tinha flexibilidade. Não mostrava nenhuma tolerância. Nenhuma clemência. E isso doía tanto que não me restou senão embarcar no trem da tarde para Bergen...

E assim, mais de trinta anos depois, acrescenta-se um novo capítulo a esta história. Você sai à varanda com uma xícara de café na mão e, súbito, dá comigo. E, por um segundo, eu tive a impressão de poder ver com os seus olhos, e fui tomada por um sentimento inquietante.

Agora me acompanhe neste último experimento teórico. É verdadeiramente importante para mim, porque esse experimento teórico é, ao mesmo tempo, expressão de uma dúvida lancinante que me tem atormentado ultimamente. Sim, Steinn, eu também sou capaz de duvidar.

Pense em quando nós estávamos viajando pelo alto da serra e procure imaginar que tivéssemos instalado uma câmera cinematográfica no capô. Se essa câmera houvesse registrado a estrada à nossa frente imediatamente antes do acidente, hoje você teria certeza absoluta de que o filme registrou a mulher do lenço?

Decerto agora está achando que eu me exprimo de maneira esquisita. Mas é que escrevo sobre uma coisa esquisitíssima.

Aquela que nós chamávamos de mulher amora era uma revelação do além, mas, como eu disse, não tenho tanta certeza de que a pudéssemos fotografar, assim como duvido que lhe pudéssemos gravar a voz numa fita magnética. Aquela mulher era um espírito visitando duas pessoas de carne e osso. Por isso é errado dizer que ela se "materializou". Acontece que nós não ouvimos a mesma coisa. Ela se aproximou de nós com um pensamento para você e um para mim. Eram frases totalmente diferentes. Posto que a mensagem fosse mais ou menos a mesma.

Pela literatura, creio saber perfeitamente de pessoas que tiveram experiências parecidas com a nossa. Quero frisar só um ponto importante. Naturalmente, os espíritos não são contidos pelo tempo e o espaço aqui embaixo na nossa existência quadridimensional, para não dizer existência mesquinha. O que os contém? Portanto, não se sabe ao certo se a mulher amora já havia passado para o outro lado ou ainda não, quer dizer, para o outro lado do nosso cantinho carnal desse mistério. Pode ser que ela fosse um presságio, e também é possível que ainda esteja entre nós.

Mas acontece que nós a atropelamos, você certamente está pensando agora, e eu venho afirmando o tempo todo que ela morreu ou na hora, ou poucos dias depois. Mas é justamente essa a minha indagação, Steinn, que acabou se transformando na minha pequena dúvida. Provavelmente, o que nós recebemos à beira daquele lago montanhês foi a indicação de algo que estava por acontecer, ou seja, de algo que ainda não tinha acontecido.

Mas o farol quebrou, não é mesmo? E houve o sacolejo no cinto de segurança. Sim, houve um tranco, mas não tão forte assim, e nós batemos em algo, não quero semear dúvida quanto a isso, muito embora possamos ter batido num espírito.

Mesmo na época, eu fiquei admirada com o fato de o nosso carro ter sofrido danos tão leves. E você simplesmente seguiu viagem. Isso teria sido possível se houvéssemos atropelado uma rena ou um alce?

Mas, pouco depois, nós voltamos para lá e achamos o lenço. Foi o que aconteceu, e agora eu digo, exatamente como você, que isso tudo aconteceu há muito tempo e hoje não me lembro bem. Mas a polícia garantiu que não houve nenhum acidente naquele lugar.

Só para ter certeza de que nós esboçamos todas as possibilidades, vou concluir sugerindo a seguinte alternativa: a mulher amora nos apareceu nada menos que três vezes. Primeiro no caminho em Hemsedal, depois à beira do lago e por último no bosque de bétulas atrás do velho hotel. O que você acha, Steinn?

Desde então, não voltou a aparecer nem para você nem para mim, isso nós indagamos imediatamente, assim que tivemos oportunidade de conversar a sós. Foi exclusivamente para nós dois que ela apareceu. Fora nós dois, talvez não exista nenhuma outra testemunha que a tenha visto.

Só espero que este relato não seja demasiado cansativo. Talvez eu esteja com medo de que você torne a romper o contato devido à disparidade das nossas concepções. Vai ver que ainda me considera uma desequilibrada mental. Mas sei que em você há espaço para uma interpretação mais aberta do enigma que vivemos no fiorde, por mais diferentes que sejam as conclusões que tiramos ao longo do tempo. Ainda me lembro de como conversamos no primeiro dia, assim como me lembro do nosso retorno a Oslo. Só quando comecei a encher o apartamento de livros foi que você realmente se recolheu em si. E, além disso, agora, mais de trinta anos depois, você escreveu que tem medo de mim.

Mas que essa não seja a última palavra. Nós também fomos trogloditas juntos, isso não temos por que esquecer.

E, ademais, juntos fomos *Homo erectus, Homo habilis* e *Australopithecus africanus*. Num globo repleto de vida, num universo eriçado de mistério. Nada disso eu nego.

Mas o grande mistério do qual fazemos parte não tem necessariamente um balanço apenas carnal ou material. Talvez nós também sejamos espíritos imortais, e talvez *esse* seja o núcleo mais profundo da nossa personalidade. Em comparação, tudo o mais — estrelas e basiliscos — não passa de blá-blá-blá epidérmico. Mesmo um sol não pode mais do que um sapo, e mesmo uma galáxia não pode mais do que um piolho. A única coisa que podem é queimar o tempo que lhes foi outorgado.

Você sempre fez questão de me lembrar que o nosso corpo é parente dos sapos e dos répteis. Mas, em minha opinião, apesar do parentesco genético dos vertebrados primitivos com o *Homo sapiens*, persiste uma diferença essencial entre o sapo e o ser humano. Nós podemos parar diante do espelho e nos olhar nos olhos, e os olhos são o espelho da alma. Desse modo, somos testemunhas do nosso próprio enigma. Um sábio indiano o expressou assim: Ateísmo significa não acreditar na grandeza da própria alma.

Aqui nós dois somos corpo e alma, as duas coisas ao mesmo tempo. Mas vamos sobreviver ao sapo em nós. A mulher amora já não tinha corpo de carne e osso, era um milagre acima deste mundo. Tomara que um dia você abra os olhos para o mistério divino que ela levava em si.

E então, com um leve sorriso nos lábios, penso no quanto a gente era capaz de se entregar um ao outro, repetidamente, quase insaciavelmente. Não é à toa que possuo algumas tomadas cinematográficas mentais da nossa última semana na aldeia à beira do fiorde. São boas recordações. Pois não me envergonho da minha natureza carnal, essa ideia nunca me ocorreu, mesmo porque nem se trata disso. Mas hoje me alegro por ser muito mais do que essa natureza. Algo mais *imperecível*.

Agora estou esperando a sua resposta.

8

A dedaleira! Você é um gênio mesmo, Solrun! Sem o saber, decifrou um enigma antiquíssimo. Mas devo começar pela outra ponta.

Eu voltei para cá. Estou no quarto da torre, o mesmo da outra vez. Aqui recebi o seu e-mail e, reclinado no velho divã, li a última parte do relato num laptop fino como papel. Foi estranho. E doloroso. Precisei ir ao terraço ver as montanhas e o glaciar. Ver alguma coisa que fosse normal. Que fosse permanente. Depois da leitura, fui até o antigo porto do vapor. Tive a impressão de que podia topar com a gente — com nós dois — a qualquer momento. O que é o tempo? É tudo como um filme superexposto. Li duas vezes antes de apagar. Então me sentei à mesinha para responder.

Hoje de manhã, saí furtivamente do instituto a fim de perambular como há trinta anos. Aliás, eu escrevi que estava inquieto, e havia tomado uma decisão, e fiz uma reserva em Gol.

Liguei para Berit, dizendo que ia passar o fim de semana nas montanhas, concentrado nos dois artigos que precisava escrever. Expliquei que eram sobre o glaciar e o Museu da Geleira. Mas essa história de artigos foi só um pretexto, o que me atraía para cá era outra coisa — e eram naturalmente os seus e-mails. Eu simplesmente precisava voltar para cá. Cheguei a tempo de jantar, mas, depois de comer, vim imediatamente para o quarto e abri a sua última mensagem, fazia só meia hora que você a enviara. Tratei de trazer uma jarra de vinho, agora está vazia aí na mesa.

Vim sozinho. Quer dizer, desta vez você não veio. Muito embora, quando eu estava passando pelo pedágio, tenha me ocorrido re-

pentinamente que você talvez aparecesse à noite. Imaginei-nos sentados nas velhas poltronas do salão de música, tomando café e schnaps. *Mas não. Acontece que pela primeira vez estou sozinho aqui. Talvez convenha me acostumar, pois acabei me apegando a este lugar, ou seja, à aldeia à beira do fiorde e ao velho hotel de madeira.*

Também é a primeira vez, desde o tempo do fusca vermelho, que viajo de carro pela serra. Foi uma sensação esquisita, pois, de certo modo, passei a vida toda percorrendo essas montanhas. Dia e noite estive ao volante lá no alto, à beira do lago. Até estacionarmos perto do antigo atracadouro de balsa e percorrermos o espaço sideral. Até sermos parados pela polícia em Leikanger. Na ocasião, tive certeza de que o motorista do furgão branco havia denunciado o fusca vermelho.

Sem dúvida, ainda que certas nuanças do seu relato sejam discutíveis, concordo com a maior parte dele. É totalmente autêntico, e você expõe muito bem as sutilezas das nossas diferentes interpretações daquilo que então vivemos e observamos.

Ao volante do novo carro flex, fiz todo o percurso de Oslo a Gol e através de Hemsedal pensando em você e na sua concepção espírita. Vi a clareza e a coerência com que a sua visão da vida é construída. Não tem um só vestígio de comprovação científica, não me leve a mal, eu sei que a ciência nunca há de contestar a crença na alma imortal do ser humano. A nossa consciência é um mero produto da química do cérebro e do ambiente e dos estimulantes desse órgão, na qual também incluo o que chamamos de memória, ou nós somos, como você tão convincentemente argumenta, almas ou espíritos mais ou menos soberanos que aqui usam o cérebro apenas como vínculo entre a dimensão espiritual e o ambiente material deste mundo? Esse é um problema antigo, e acho que jamais o conseguiremos equacionar. Talvez a concepção espírita do status e da ontologia do homem seja uma visão tão maravilhosa que nunca a poderemos realmente descartar, sempre haverá um discurso a seu favor.

Nós somos espíritos, Steinn!...
A morte não existe, e não existem mortos...

Não posso acreditar em algo tão maravilhoso. Porém, mesmo que as coisas não sejam assim, talvez devessem ser. Nós somos a consciência do mundo. Pode ser que sejamos os seres mais nobres e encantadores do Universo, isso ninguém sabe. Portanto, quiçá não precisemos pedir desculpas por entreter o esperançoso sonho de um destino diferente desse que nos é imposto pela carne e pelo osso.

E constato com muita alegria que você, no seu dualismo, não subestima a existência temporal. Imagine se tivesse escrito que os nossos abraços de outrora não passaram de um mal-entendido! Na história, não faltam exemplos de que o ardor religioso leva à negação de tudo quanto é sensual e mundano, quer dizer, daquilo que a maioria considera a única realidade verdadeira.

Essas ideias fervilharam em mim durante todo o trajeto de Oslo até aqui. Lá no alto de Hemsedal, entrei na trilha à esquerda da rodovia, na verdade só depois de alguns minutos de reflexão foi que dei meia-volta e segui viagem.

Cheguei ao platô rochoso que há mais de trinta anos percorro na penumbra daquela noite. Como o Holandês Voador, fui condenado a vagar toda noite lá no alto da serra — se não todo dia.

Você se lembra daquele monte engraçado pouco antes do lugar em que atropelamos a mulher do lenço? Você mesma o mencionou, chamando-o de "Pão de Açúcar". Um bom nome, aliás, pois é muito parecido mesmo. Agora vejo pelo GPS, no carro, que ele tem nome e esse nome é Eldrehaugen.

Pouco adiante dessa colina esquisita, vejo uma pequena saída do lado direito da estrada, lá há placas turísticas com informações histórico-culturais. Uma delas diz:

Eldrehaugen é o morro arredondado a leste do ponto de referência. No Eldrehaugen mora um clã de seres subterrâneos invisíveis chamados Åsgardsreii ou Joleskreii. Toda noite de Natal, à meia-noite, eles saíam voando do Eldrehaugen e avançavam pelo vale do Hallingdal. Invadiam as fazendas e se serviam da ceia de Natal e da cerveja. As pessoas reservavam muita comida e bebida para eles, pois isso dava sorte e abençoava. Quando o alimento estava marcado com uma cruz, eles se zangavam, coisa que podia dar azar às pessoas, ao gado e à propriedade. Os habitantes de Hemsedal sabiam o nome de vários membros dessa família silvestre. Por exemplo, Tydne Ranakam, Helge Høgføtt, Trond Høgesyningen, Masne Trøst, Spenning Helle. Eles chegavam até as aldeias das imediações de Drammen. Ficavam por lá durante todo o período natalino e só voltavam a Eldrehaugen no Dia de Reis.

Masne Trøst! Tydne Ranakam!

Por mais que eu sacudisse a cabeça, não esquecia que você escrevera que talvez não houvéssemos atropelado necessariamente um ser humano real: podia ter sido uma aparição.

Mas a dedaleira e a mulher amora! Aí, sim, você acertou na mosca.

Nós vimos a mesma coisa, você escreve. Mas ouvimos palavras diferentes.

Fomos atraídos pelas exuberantes dedaleiras, e você ficou tão fascinada que precisou pegar nelas. E então devemos ter pensado exatamente a mesma coisa. Mesmo que não conversássemos sobre ela o tempo todo, nós pensávamos quase ininterruptamente na mulher que atropelamos no alto da serra. E as dedaleiras eram de cor exatamente igual à do lenço que ela levava nos ombros e que depois nós achamos na urze. Digo não só da mesma cor, como do mesmo tom de rosa. Por isso, quem sabe, as dedaleiras nos chamaram tanto a atenção.

Mas, de repente, algo fez com que nos virássemos, você tem toda razão. Talvez fosse um arminho ou uma agácia. Pois nos viramos, e agora você e eu acreditamos ver a mulher que atropelamos: ela está no bosquezinho e traz nos ombros o mesmíssimo lenço rosado.

Mas também não há de ter sido propriamente um milagre nós, no estado em que estávamos, termos tido a mesma alucinação, quer dizer, depois de nos deixarmos encantar pelas viçosas dedaleiras de cor adorável. Por que você ficou tão fascinada por elas? Ali perto havia campânulas igualmente lindas.

Já que existem cem, mil ou cem mil cores diferentes, essa não é uma pergunta acadêmica. Mas, no caso, tratava-se precisamente da mesma cor. Algo se moveu no bosque às nossas costas, nós nos voltamos, olhamos e acreditamos ver a mulher do lenço cor-de-rosa. Então eu tive a impressão de que ela dizia algo; e você, de que ela dizia coisa completamente diferente. Mas não é difícil aceitar que eu tenha pensado que dirigira depressa demais no alto da serra, e não há dúvida de que você, aos onze anos de idade, já pensava no fato brutalmente irrefutável de um dia sermos obrigados a deixar este mundo.

E você havia encontrado aquele livro. Lera-o, eu também, e a única coisa que nos faltava eram as dedaleiras.

Ficamos tão profundamente abalados que tivemos alucinações. Estávamos feridos e indefesos e, com isso, tudo foi por água abaixo para nós e, durante alguns segundos, ficamos totalmente perplexos.

Amanhã eu retorno a Oslo. Mas aquela serra não volto a atravessar nem uma vez. Prefiro ir a Gol pelo Aurlandsdal. Mesmo porque ando acariciando a ideia de dar um pulo em Bergen e me encontrar com você.

É possível?

Eu poderia atravessar o fiorde de balsa entre Lavik e Oppedal. Se os horários permitirem, talvez vá ao longo do fiorde até Rutledal só para dar uma olhada em Solund. Preciso rever aquela região. Mas isso você não pode fazer. Encontrar-se comigo em Rutledal, digo, ou, neste caso, quem sabe fica mais fácil ir de ônibus a Oppedal, pois seria tolice viajar com dois carros. Digamos que será a nossa derradeira aventura. Temos muito o que conversar. Eu adoraria viajar com você ainda uma vez pelas ilhas do Oeste. Quer dizer, todo o trajeto até Kolgrov. Podíamos parar na Mercearia Eides, perto do atracadouro, e tomar um sorvete — exatamente como nos velhos tempos. Mas compreenderei perfeitamente caso isso seja difícil para você. Aliás, lembranças minhas a ele.

Por via das dúvidas, reservei um quarto no Hotel Norge, em Bergen. Aqui na aldeia, sou o último hóspede da temporada: logo vão fechar para o inverno. Já estão arrumando tudo, cobrindo os móveis com cobertores e lençóis.

Devo chegar a Bergen amanhã à tarde ou à noitinha. Então, quem sabe, a gente dá uma volta de carro se você receber sinal verde aí na sua casa.

Seria estranho voltar a ver essas baías e rochas. Agora, além de tudo, a ilha deve estar coberta de todo tipo de urzes em flor. Daquela vez, nós estivemos lá exatamente nesta estação do ano. E você tem razão. Quase toda tarde, tínhamos de ir àquele promontório ver o sol mergulhar no mar, a oeste.

Tenho a impressão de que agora nós combinamos perfeitamente com uma paisagem assim.

Pode ser. Mas um dia nossa alma vai pairar sobre um horizonte muito diferente e bem mais sublime. Eu acredito.

Mas eu serei bem-vindo em Bergen?

Pode vir!

Verdade mesmo?

Sim, Steinn. Queria que você já estivesse aqui. Venha!

Não preciso esconder que continuei gostando de você durante todos esses anos. Não houve um dia em que não pensasse em você e, de certo modo, não conversasse com você. Posso dizer que passei a vida toda a seu lado. É esquisito. Foi uma relação esquisita. Mas também lhe agradeço os últimos trinta anos.

Eu já escrevi que me sentia bígama. Também eu o tinha muito perto de mim. À parte isso, com esta minha hipersensibilidade, naturalmente sentia que você pensava em mim.

Mas é que...

Sim? A gente apaga constantemente as mensagens. Fora nós dois, ninguém as pode ler.

Nós não éramos acima de tudo duas almas gêmeas? Quer dizer, duas almas entrelaçadas, fundidas, como dois fótons inseparáveis, que se pertencem e que reagem, um ao outro, mesmo a muitos anos-luz de distância...

Na nossa idade, talvez seja mais fácil perceber a diferença entre corpo e alma do que quando se é tão jovem.

Sobre isso ainda precisamos conversar muito. Quer dizer que a gente vai mesmo a Solund, não?

Mas agora eu tomei vinho e vou dormir. Dirigi quatrocentos quilômetros e devo pegar no sono imediatamente. Mas o sono, garota, que estado mais enganador! Não posso garantir em que sonhos vou envolvê-la esta noite. O débito de sonhos cósmicos já foi saldado, de modo que agora disponho de alguns outros bem mais comuns. Posso tentar atraí-la a um passeio ao redor do Sognsvann. Em sentido anti-horário!

Boa noite!

Bom dia!

Eu contei a Niels Petter que você vem para Bergen. Já está feito, e foi um alívio. Mas agora vou dar um longo passeio e devo passar o dia fora. Tenho muito em que pensar. Depois a gente se vê. Se não hoje, amanhã com certeza.

Eu lhe escrevo à tarde, assim que chegar ao hotel, aí a gente combina. Desejo-lhe um bom dia. E um ótimo passeio. Agora vou descer para o café da manhã, depois é pagar a conta e partir. Ontem à noite, fiquei com a sala de jantar todinha para mim. Senti-me um pouco sozinho, mas, em compensação, pedi uma jarra grande de vinho, e pode parecer um exagero, mas eu tinha de beber por você também. Imaginei-a do outro lado da mesa e fiquei oscilando entre vê-la como você é hoje e como era naquele tempo, há tantos anos. Até que a diferença não é grande.

***

Olá. Acabo de chegar a Bergen depois de uma longa viagem, estou no meu quarto de hotel, olhando para fora, para o Lille Lungegårdsvann e o Ulriken. As luzes da cidade estão ficando cada vez mais intensas, já é noite e, pela primeira vez neste verão, eu sinto a mudança de estação.

Vi um acidente horrível logo ao sul do fiorde de Sogn, fiquei com as mãos trêmulas, por isso agora, antes de dormir, vou esvaziar o frigobar e passar os olhos pelo jornal. Vamos combinar que você manda me chamar lá pelas nove horas na recepção? Então quem sabe a gente vai a Rutledal e toma a balsa para Solund?

Estou contente em revê-la. E contente em abraçá-la.

***

Tomei o café da manhã e fiquei algum tempo no saguão. São quinze para as nove. Mesmo que você não tenha respondido os meus últimos e-mails, imagino que os leu e vem vindo para cá. Do contrário, você telefona? Estou no quarto e vou ficar o tempo todo on-line.

***

É meio-dia e você ainda não deu sinal de vida. Tentei ligar para o seu celular, mas ele passou a manhã toda desligado. Vou esperar mais algumas horas antes de telefonar para a sua casa. Steinn.

Steinn (pois nem sei o seu sobrenome).

O senhor acaba de plugar o pen drive no computador. Solrun o levava pendurado no pescoço quando aconteceu, mas garanto que só li o suficiente para entender que houve uma correspondência mais longa entre vocês. Agora esses vestígios eletrônicos lhe pertencem exclusivamente. Duvido que exista outra cópia. Pelo menos no computador dela, tudo foi apagado. Daqui a pouco, vou armazenar esta minha última saudação no mesmo cartão. Fora isso, transferi as últimas mensagens que o senhor lhe enviou naquele dia terrível. Quando acabar de ler isto, terá encontrado todo o conteúdo deste cartão.

Não sei se lhe devo agradecer pelo nosso último encontro, na dúvida, prefiro me abster. Não vou perder tempo dizendo que foi um enterro maravilhoso. Primeiro eu quis que o senhor ficasse anônimo e, embora tenhamos trocado algumas palavras quando o cortejo estava passando pelo Lille Lunggårdsvann, achei melhor que Ingrid e Jonas não soubessem quem o senhor é. Cheguei a esperar que o senhor tivesse bastante compreensão — bastante respeito — para não participar da solenidade. O enterro, até certo ponto, pode ser considerado uma cerimônia pública, mas a solenidade fúnebre é privada, é familiar, faz parte daquilo que eu chamaria de esfera íntima. Mas o senhor fez questão de acompanhar Solrun até o último instante, estava firmemente decidido a isso, e, no fim, não me restou senão ceder e apresentá-lo aos meninos como um velho amigo de Solrun do tempo da faculdade. Pode chamar isso de dupla moral burguesa ou do que quiser, ninguém está preparado para tais situações. Ninguém é treinado para assumir repentinamente a qualidade de viúvo.

Ainda que pareça mesquinho, quero acrescentar: no fim da solenidade, o senhor gracejou com Ingrid. Animou-se como se, de uma hora para outra, estivesse se sentindo muito à vontade. Não se restringiu a se intrometer na cerimônia fúnebre. Também quis atenção, quis plateia. E conseguiu. Magoou-me ver Ingrid rir.

Sei que o senhor tocou com Solrun alguns acordes de que eu não compartilhei com ela. Ouvi falar no senhor, ou melhor, em vocês. Os inseparáveis do começo da década de 1970. Quando escrevo "ouvi falar", estou minimizando muito. Foi o suficiente.

O fato de eu lhe enviar este pen drive e lhe escrever algumas linhas, bem, o senhor pode encarar isso como o cumprimento de um dever, um dever para com a memória dela. Tenho a impressão de estar lavrando um testamento, pois os sinais que vocês trocaram não me interessam. Não tenho ideia do que o senhor escreveu, mas sabia que escrevia, isso eu sabia. Com Solrun, nunca houve segredos.

E me pergunto: como ficaria o mundo se vocês não se houvessem encontrado na aldeia do livro? Ela ainda estaria viva? Tenho o desagradável dever de fazer essa pergunta. Ela já não a pode fazer. À parte isso, é duro carregar sozinho uma indagação tão grande.

Quando nós, e mais as tias e tios, sobrinhos e sobrinhas, fomos da Capela da Esperança, em Møllendal, à solenidade fúnebre no Hotel Terminus, eu prometi entrar em contato com o senhor um dia desses para informá-lo um pouco mais do que aconteceu, e também estava pensando nesse pen drive que lhe pertence. O senhor não entendeu que aquilo era um pouco constrangedor para mim, sim, diante dos meninos, da família toda? Quem era o senhor afinal?

Agora que ela me deixou, preciso exercer esta função, e lhe peço que compreenda que, depois deste comunicado, não desejo mais nenhum contato.

Naquele sábado recente, eu a vi esbanjando vigor. De manhã, antes que os nossos caminhos se separassem, achei que ela estava com um ardor muito especial. Contou-me que o senhor vinha para Bergen. Será que era por isso que estava tão entusiasmada? Eu resolvi não ser mesquinho com Solrun e lhe propus que o convidasse à nossa casa, mas ela não quis. Nem pensar, disse, e foi para me poupar. Pelo menos é o que acredito ou acreditei na ocasião. Mas isso não é tudo.

Num dia de dezembro, muitos anos atrás, dez ou quinze talvez, dei um bonito lenço a Solrun, presente de Advento, acompanhado de um bico-de-papagaio. Lembro-me bem disso, o lenço e o bico-de-papagaio eram do mesmo tom de rosa. Eu já havia comprado o bico-de-papagaio e depois, numa vitrine da Loja Sundt, achei o lenço da mesma cor.

Mas Solrun nunca o usou. Ficou sem jeito ao abrir o pacote. Eu perguntei qual era o problema, e creio que ela respondeu que se sentia velha com ele. Mas também disse que a fazia lembrar uma coisa misteriosa que tinha vivido com o senhor. Menciono isso unicamente porque Solrun tornou a falar nisso recentemente, em julho, quando saímos da aldeia do livro. Mais precisamente, quando estávamos viajando ao longo do Jølstravatn. Fiz um breve comentário sobre o tempo, houvera neblina o dia todo, mas agora começava a se dissipar, e, de repente, ela falou nesse lenço, no bico-de-papagaio e também em algo que aconteceu há mais de trinta anos, mas não contou qual era esse "mistério", e me limitei a escutar e não disse nada. Solrun já tinha falado nessas coisas. Já tinha falado em

"Steinn". Sim, de fato. Então propus irmos à casa de verão, em Solund, talvez para exorcizar algumas recordações antigas, para não dizer fantasmas do passado. Ela segurou a minha mão e também achou que o passeio faria bem.

Assim, isto também fica relatado, ou talvez eu deva dizer, transmitido. É exclusivamente por ela que contribuo para que o senhor conheça todos os aspectos desse drama.

Entenda que não quero resposta. Apenas cumpro o dever de qualquer marido. Procuro pôr em ordem o legado da minha mulher.

Na manhã em que a perdemos, não sei por que razão, Solrun tirou aquele lenço velho da gaveta. Eu só soube disso quando nós voltamos do hospital, mas o encontrei na sua escrivaninha, ainda embrulhado no papel de presente de dez ou quinze anos atrás. Mas por quê? Por que ela resolveu pegá-lo agora?

Nesse embrulho para presente eu coloquei o pen drive cujo conteúdo o senhor está lendo, pois acho que o lenço e o cartão lhe pertencem mais do que a nós. Tomei a firme decisão de não deixar nada que seja seu aqui em Søndre Blekeveien. Não quero Jonas bisbilhotando o que o senhor e Solrun escreveram entre si e não quero, de jeito nenhum, que Ingrid herde o lenço. Também por mim: eu preciso tentar continuar vivendo. Quando ocorre uma morte, há muitas providências a tomar, é preciso fechar contas bancárias, é preciso cancelar assinaturas, é preciso liquidar muita coisa. E o senhor também figura nessa lista.

Naquela tarde, eu ia indo para o escritório, e ela disse que pretendia visitar uma amiga. Excepcionalmente, deixou claro que não ia comer em casa e deu a entender que talvez voltasse tarde, "muito tarde", disse.

Não contou quem era nem onde morava essa amiga, por isso, continua sendo um enigma para mim o motivo que a levou a Sogn naquela tarde, ela nunca havia mencionado nenhuma amiga lá, mas frisou que ia passar o dia todo fora.

Com certeza não pretendia retornar a Solund, onde passávamos as férias nos últimos anos. Mas, neste caso, por que não pegou o carro e por que resolveu andar a pé ao longo da movimentada estrada Europeia?

Solrun foi atropelada na E39, logo ao sul de Oppedal ou, mais precisamente, lá onde uma rodovia de Brekke e Rutledal se bifurca. O motorista do ônibus confirmou que ela embarcou em Bergen e desembarcou em Instefjord, lugar que, em termos de comunicação, pode ser considerado uma terra de ninguém. E, quando o mesmo ônibus voltou de Oppedal, ela continuava lá.

Solrun era imprevisível às vezes. Mas isso não tem mais importância nenhuma. Eu imagino que o senhor, vindo de Oslo a Bergen, não pretendia passar por lá. Não veio de trem?

Ela foi atropelada por um caminhão alguns quilômetros ao sul do fiorde de Sogn. No trecho, a velocidade máxima era oitenta quilômetros por hora, mas, na longa ladeira do Instefjord, a jamanta chegou ao dobro desse limite, a visibilidade estava ruim, e o caminhoneiro, jovem ainda, que tinha pressa em chegar à balsa de Oppedal, agora aguarda julgamento, e tomara receba longos anos de reclusão.

Também ele se atreveu a aparecer no enterro. Mas pelo menos teve o bom-senso de não participar da solenidade fúnebre. Do contrário, eu o teria posto para fora. Teria chamado a polícia.

Naquele sábado, eu estava fazendo hora extra no escritório quando telefonaram do Hospital Haukeland. Contaram o que tinha acontecido, informaram que ela fora transportada de helicóptero e que seu estado era grave. Saí precipitadamente e, no táxi, telefonei para Ingrid e Jonas. Tive alguns minutos a sós com ela antes que os meninos chegassem. Ela estava muito machucada, mas chegou a abrir os olhos e, com lucidez meridiana no olhar, disse: E se eu estiver enganada? E se Steinn tiver razão!

Não são só as crianças e os bêbados que dizem a verdade. Às vezes, os moribundos são capazes das palavras mais lúcidas.

Talvez o senhor tenha *razão*, Steinn. Agrada-lhe ouvir isso?

Eu me sinto na obrigação, para com Solrun, de transmitir a sua última saudação. Ou devo dizer sua última observação? Não faço ideia do que estava querendo dizer. Mas é possível que o senhor faça. Embora eu tenha uma hipótese desagradável, devo admitir: uma suspeita.

Se for para sintetizar tudo, não posso me livrar da ideia de que o reencontro que vocês tiveram naquele hotel foi extremamente funesto. Depois disso, Solrun não voltou a ser a mesma.

Eu sei, e talvez o senhor também saiba, que ela era uma pessoa muito religiosa. Acontecesse o que acontecesse, conservava a fé inabalável na existência de uma vida depois desta. Não sei se devo presumir que o senhor seja mais racionalista. Em todo caso, é climatologista, ou seja, cientista. Desconfio que, em termos de concepção de vida, o senhor e Solrun divergiam muito.

Mas eu me pergunto se não seria melhor se tivéssemos deixado Solrun em paz com as suas ideias. Ela era uma luz, uma chama, e tinha um não sei quê de vidente.

E se Steinn tiver razão?

Solrun me fitou nos olhos, em pânico. Eu olhei para ela com inconsolável tristeza, com profunda comoção e com um desespero insuportável. Mas ela perdeu os sentidos, depois voltou a si pela última vez. Então me endereçou um olhar vazio e indefeso. Já não havia o que dizer. Talvez ela ainda tivesse força para dizer adeus, mas não disse.

Solrun havia perdido a fé, Steinn. Estava exaurida em todos os sentidos. Estava estéril e vazia.

O que significava para ela a possibilidade de o senhor ter razão? Acaso isso é tão importante assim? *Ter razão*, digo. Ou ter a capacidade ou a vontade de semear uma dúvida tão lancinante na fé das outras pessoas? Não, eu já disse que não quero nenhuma resposta, agora todas as cerimônias fúnebres precisam chegar ao fim.

Não sei bem por quê, mas penso que o senhor irrompeu na vida de Solrun e na minha como um personagem sinistro de uma peça de Ibsen. Uma espécie de homem do mar. Ou resolveu fazer a sua entrada na pele de um Gregers Werle? Em caso afirmativo, assumo com prazer o papel de Relling. Estou no quarto dela, a mansarda dourada, olhando para a cidade.

Solrun anunciou que talvez fosse a Solund despedir-se do mar até o início do verão seguinte. Ela não costumava planejar sozinha essas excursões. Mas talvez vocês quisessem se despedir do mar a dois? Por que desapareceram tão repentinamente no morro naquele dia de julho?

Não sei por que pergunto, já que não quero resposta e isso já não tem a menor importância.

Então, meu caro, o senhor acabou mesmo vindo a Bergen! Mas chegou tarde demais. Então telefonou para cá ao anoitecer, quando tudo estava acabado. Ingrid atendeu, mas se limitou a dizer que não sabia quem o senhor era e que não podia conversar. Eu estava sentado à mesa e disse a ela que sabia perfeitamente quem era, mas que também não podia falar com o senhor. No fim, Jonas pegou o telefone e o informou do que havia acontecido. Eu o deixei à vontade para isso.

E o que o senhor fez então? Permaneceu em Bergen até o enterro? Ou antes foi ver o mar?

São perguntas retóricas.

Daqui por diante, não quero nenhum contato e espero que o senhor respeite esta decisão. Os meninos e eu ainda vamos passar muito tempo enfrentando isto, tentando cuidar uns dos outros.

Skansen fica vazio sem ela. Também a oeste da montanha havia gente para quem Solrun era importante. E, mesmo tendo assumido o papel de Relling, eu nunca pensarei nela como uma pessoa medíocre.

Isso é tudo.

Niels Petter